JN067737

骨董屋・眼球堂 2

こっとうや・がんきゅうどう

エディス・グレイの幻の絵

小林栗奈

骨董屋（こっとうや）・眼球堂（がんきゅうどう）②

エディス・グレイの幻の絵

小林栗奈

一章 迷子の神様

思い返せば、彼は最初からあの人を見ていた。

出会ったことのない筈(はず)なのに遠い昔から知っている恋しい人であるかのように、彼はあの人を見ていた。雪の女王に囚(とら)われた少年のように。


「西条(さいじょう)先輩と付き合っているんですか？」

どこか思いつめたような声音に、楓(かえで)は手にしたメモ用紙から目をあげた。一年生の須藤陽菜(すどうはるな)が、くりっとした目で楓を見つめている。数ヶ月前まで小学生だった陽菜は小柄で大人しく、いつでも友達の背に隠れているようなところがあった。部活動の中でもほとんど自分から話そうとしないし、どこか物陰からこちらをうかがう小動物のようだった。

それが今日はまた、ずいぶんと思い切ったことを言い出す。

楓はアクリル絵の具が並んだ棚からカーラントレッドのチューブを引き抜いて、陽菜が持つ籠に入れた。今日は美術部の買い出しで新入部員の三人を連れて画材屋に来ているのだ。学校からは電車で二十分ほどかかるさくらのデパートの中にある、地域で一番大きい画材屋だった。

いつも陽菜が盾にしている二人は別フロアの紙類を見に行っている。

彼女たちがいないから思い切ったのか、それとも背を押されたのか、幼い頬を紅潮させてまっすぐに見つめてくる陽菜に、楓は吐息をかみ殺した。ここは同様の質問をされた時いつもそうしているように適当にあしらったりせず、真面目に答えるべきだろう。

「西条君は幼馴染なの。家が近所で母親同士も昔からの親友だから、生まれた頃から一緒に過ごす時間が多かったし、もう弟みたいなものね。付き合っているとか、そういうのとは全然違う」

楓が春樹と付き合っているとの噂があることは知っているけれど、いちいち否定して回る気もない。きりがないし、それにちょっとだけバカバカしいと思ってしまう。中学生が付き合っているとか、いないとか。

それでも、大人しい一年生が真正面から聞いてきた以上は、誤魔化すのは良くない。

「そうなんですね。すみません、変なこと聞いて」

迷いのない楓の口調に、陽菜はこくんとうなずいた。

「でも、西条先輩は副部長のこと特別に思ってますよね？　部活に来ても誰とも話さないし、宮本先生の言うことだって無視するのに。今日だって……」

そこで言葉を切って陽菜が視線を向ける先には、画集のコーナーで見るともなしに棚を眺めている春樹の姿があった。かさばる品があるから一緒に行ってくれないかという顧問の言葉は聞こえないふりをしたくせに、部長ではなく副部長の楓が一年生を連れて行くと知ったとたん、ついて来たのだ。かと言って、下級生たちに何か教えてやるとか、買い出しリストにそって画材をピックアップするわけでもない。本当にふらっと、ただそこにいるだけだ。

いったい何のためについて来たのか？　楓の後を引っ付いて回っているだけではと思われても仕方ない。

「副部長は弟みたいに思っていても、西条先輩は副部長のこと好きなんですよね？」

「それは……違うと思う」

楓は苦い想いに首を振った。書棚の前にいる春樹にはこちらの会話が聞こえていないことを確かめて、低い声で続ける。

「須藤さんも三年生の部員から聞いているかもしれないけれど、私たちが一年生だった時、西条君はちょっと美術部で浮いていたの」

「……聞いたことはあります」

一年生ながら春樹の絵は顧問の宮本先生から、他のどの部員のものよりも高い評価を受けていた。十年に一度の天才とまで、先生は言ったのだ。当然、上級生たちは面白（おもしろ）くなかっただろう。そのうえ、春樹は才能を鼻にかけ傲慢（ごうまん）に振る舞った。

あの頃の春樹を思い出すと、今も苦しくなる。

「ちょっと絵が上手かったから、天狗（てんぐ）になっちゃったのね」

できるだけ軽く話そうとしたが、楓の胸はジクジクと痛んだ。

春樹は歩き出すより先にクレヨンを握るほど、小さい頃から絵を描くことに夢中だった。パステルや水彩画で描かれる淡い幻想的な世界は優しくて、楓はとても好きだったけれど、強い個性や煌（きら）めきには欠けていた。

それが中学校入学を境に、別人のように作風が変わり、美術教師を唸（うな）らせるような絵を描くようになったのだ。彼自身も、変わってしまった。

「私、西条先輩の絵を見たことがあるんです」

「え？」

「あ、本物じゃなくて写真ですけど。入部の説明会で美術室に行った時、ちょうど誰もいなくて、机に置いてあった作品ファイルを見たんです。宮本先生が部員の作品を綴（つづ）っていたもので、その中に西条先輩の絵がありました。なんだか凄(すご)くて、圧倒されました」

「ああ……」

春樹が初めて油絵具を使って描いた作品は、終末の世界をイメージしたものだった。裂ける空、燃える森、乾いた大地を彷徨(さまよ)う裸の男女。見る者を引きずり回すような荒々しさと、どこか官能的な絵。

春樹が描いたのではない。実際にキャンバスに向かう彼を目(ま)の当たりにしながら、楓はそう思った。思いたかっただけなのかもしれない。

「夢中になって見ていたら突然ファイルを取り上げられて……西条先輩が立っていました」

「……大丈夫だった？」

下級生に乱暴なことはしなかったと信じたいが、春樹は自身の作品に対して過剰な反応を見せることがあるのだ。

「はい。もちろん私すぐ謝ったんです。西条先輩は何も言ってくれなかったけど、凄く辛(つら)そうな顔をしていました」

「そう」

「それから西条先輩のことが気になってしまって。あの絵の本物を見たいとも思うんですけど、それより、今、描けないでいることの方が心配です」

ある日を境に、春樹は筆を置いた。

腕を怪我した、目を悪くした。色々と言う者はいたけれど、楓は知っている。彼は才能を失ったのではない。むしろ、それは仮初（かりそめ）の姿だったのだと。

描くことをやめた春樹は、美術部を退部しただけでなく学校にも出てこなくなり、家に引きこもるようになってしまった。家族とも口をきかず、食事もほとんどとらなくなり、短い期間だが入院もしていたのだ。

春樹が何とか学校に通えるようになるまで半年近くがかかった。

「西条君の調子が悪かった時期に、彼のお母さんに頼まれて、なるべく一緒にいるようにしていたから、それで二人でべったりしているように見えたのかもしれない」

あの頃は、そこまで気が回らないくらい、必死だったのだけど。

周囲は腫れ物に触るように春樹に接した。春樹も周囲に関心を示さなかった。

それでも薄皮を剥（は）ぐように少しずつ、ほんの少しずつ、春樹を覆っていた見えない鎧（よろい）は剥がれ落ちていった。この頃では、楓との間でなら会話が成立することもある。

楓が美術部の副部長になり、新入部員の数が少ないことを嘆くと、春樹はふらりと部に顔を出すようになった。退部届は正式には受理されておらず、幽霊部員扱いだったのだ。

美術室に来ても、春樹は部の活動に参加するわけではない。部屋の隅で画集をめくっているか、鉛筆デッサンをしているかだ。もはや諦めたのか、顧問の宮本先生も何も言わず春樹の好きにさせている。

そんな春樹だが、顔立ちは整っていて、成績は変わらずトップクラスなもので、下級生たちにはずいぶんと人気があるのだ。周囲に無関心で無気力な姿も、陽菜のような子の目には、大人びてクールと好ましく映るらしい。

「まあ、そういうわけだから」

別のフロアに買い物に行っていた二人の一年生が戻ってきたのをきっかけに、楓は話を切り上げた。

「西条君と私は何でもないというのが、結論」

「はい」

まだ完全に納得したようではないが、陽菜はうなずいた。

「好奇心で色々聞いてしまってすみません」

楓は首を横に振った。

「西条君のこと、気にかけてくれてありがとう。自分勝手な先輩だけど、これからもよろしくね。あんまり目に余るようだったら私に教えて。ガツンと言っておくから」

「じゃあ、気をつけて帰ってね」

会計を済ませたところで、一年生三人とは別れた。絵の具や筆といったあまり重くない物は一年生に持って帰ってもらったので、残りの購入品を仕分けていると、何も言わず春樹が張りキャンバスをはじめかさばる荷物を手に取った。

「ありがとう」

楓は宮本先生に頼まれた高価な油絵の具が入った小さめの袋を一つだけ持った。

「私、ちょっとだけ書店に寄りたいんだけど良いかな」

さくらのデパートには近所の書店とは比べ物にならないほど品揃え（しなぞろ）の良い大型書店が入っているのだ。春樹は小さくうなずいた。エスカレーターに向かいながら楓は続けた。

「それと地下でレーズンを買って来てって、お母さんに頼まれたの。ブラウニーを焼くんだって。私は胡桃（くるみ）入りが好きなんだけど、今回はレーズンみたい。あ、おばさんはレーズン入りのが好きだったよね。夜に、西条君の家に届けに行くよ」

春樹の返事はないが、会話が成り立たないのはいつものことなので、楓は気にしなかった。これでも、ちゃんと聞いている気配があるだけ、ずいぶんとましになったのだ。最初のうちはあまりの反応のなさに、人形相手に話しかけているような気持ちで、くじけそうになった。嫌がられたり、煩（うるさ）いと言われる方が、ずっと楽だった。

でも楓は決めたのだ。春樹を必ず、取り戻す。

彼が一度大きく変わってしまった時、理解できなくて傷ついて、楓は春樹から距離を置いてしまった。今なら、あの時こそ傍にいるべきだったと思うのだ。

だから今度は間違わない。陽菜が思っているような恋愛感情ではないけれど、春樹は大切な幼馴染だ。

「ここ、ずいぶん変わっちゃったね」

書店が入っているフロアに降り立って、楓は小さなため息をついた。以前はフロアの半分を書店が占めていて、後の半分に大小様々なテナントが入っていたが、ここ半年でその多くが撤退している。

櫛の歯が抜けたようにパーテーションで仕切られたスペースに「テナント募集中」や「改装中」の張り紙がしてあった。書店の方も客の姿はまばらだった。

隣の駅に大型商業施設ができて、老舗百貨店は苦戦しているのだった。建物も古く、修繕にも限界があるらしく、トイレやエレベーターなど使い勝手が良くないのも痛い。

「ちょっと見てくるから、あそこで待っていて」

フロアの隅にあるベンチを示すと春樹は楓の手から画材店の袋を奪って、スタスタと歩いて行ってしまった。

目当ての本だけ買うつもりだったのに、あれもこれもと見ているうちに思ったより時間が過ぎてしまった。

「ごめんね……」

ずいぶん待たせて。そう続けようとした言葉を楓は呑み込んだ。ベンチに春樹の姿がない。画材店の荷物が置いたままだ。トイレにでも行ったのかとあたりを見渡すと、制服の後ろ姿が視界を掠めた。彼は北側の階段に向かっていた。

「西条君！」

楓は慌ててフロアを横切った。春樹は一人ではなかった。彼より少し背が高い女性が一緒だ。誘うように制服の腕に白い手が添えられている。二人は足を止めて、楓が追いつくのを待っていた。

近づいてみると春樹と一緒にいるのは、女性というよりも少女と言って良い年頃の人だった。楓たちよりは年上だが恐らく十代だ。背の半ばまでの淡い金色の髪と、華奢だがバランスの取れたプロポーションと優美な立ち姿。華やかではないが、はっと息を呑むような雰囲気がある少女だった。

「あの……」

楓は何となく気おされてしまった。春樹をどこに連れて行くのか？　彼の知り合いなのか？　そう問いかけたいのに、声が出てこない。

少女の緑の瞳が、じっと楓を見た。

「私はリラ」

少女は短く、それだけ名乗った。

「あなたは？　彼のお友達？」

楓はうなずいた。

リラと名乗ったこの人は誰だろう？　春樹のことを知っているようだった。春樹の方はといえば、相変わらず何を考えているのか表情からは窺えないが、顔見知りという風ではなかった。春樹の知り合いにこんな印象的な少女がいたら楓が知らない筈がないから、二人は初対面だと思うのだ。

それなのに、春樹は彼女について行こうとした。周囲の何にも関心を見せない彼が。

さらわれてしまう。

ふいに、楓はぞっとした。子どもの頃に読んだアンデルセンの『雪の女王』を思い出したのだ。少女ゲルダの幼馴染カイは、悪魔の作った鏡の欠片が目と心臓に突き刺さって、別人になってしまう。心を凍らせてしまったカイをさらっていくのは雪の女王だ。

楓の突拍子もない考えを読み取ったのか、少女がくすりと笑った。

「心配なら、あなたも一緒にいらっしゃい」

「……どこに？」

「私たちのお店よ。ここで骨董屋を営んでいるの」

「西条君は行くと言ったんですか？」

春樹がそんな意思を示すはずがない。挑むようにリラを見返した楓の耳に、信じられない言葉が飛び込んできた。

「行きたい」

「え……」

「楓も行こう。骨董品、好きだろう」

春樹の口からスラスラと紡ぎ出される言葉に、楓はあっけに取られた。いったいどんな魔法なのか。

「さあ、行きましょう」

リラはスカートの裾をふわりとなびかせて先に立って歩き出した。春樹が当たり前のように彼女に従う。取り残されそうになった楓は、慌てて二人の後を追った。

リラは無造作に「改装中」とプレートがかけられた白い扉を開いた。

石膏ボードで作られた仮設壁で仕切られた内部に足を踏み入れると、そこはデパートフロアとは切り離された空間だった。しんと、時が止まっている。コツコツと、リラが履いたヒールが微かな音を立てた。

幾つか角を曲がると、ふいに古風な喫茶店を思わせる店が現れた。百貨店のフロアに並ぶテナントの一つではあるが、路地裏にある店舗のように独立した作りだ。額縁のように雰囲気のある飾り窓とステンドグラスの嵌った重厚な扉。

けれど飾り棚は空っぽで、赤いビロード張りの台座だけがポツンと置かれていた。扉のステンドグラスの向こう側にも明かりは感じられず、店名も掲げられていない。

営業中とは到底思えなかったが、リラは構わず扉を押した。シャランと鈴の音が響き、ふわりと明かりが灯った。

「どうぞ」

リラに促されて、楓はおずおずと店内に足を踏み入れた。

「……ここ、お店なんですか？」

失礼と思いながら、思わず聞いてしまった。リラは骨董屋と言ったが、とてもそんな風には見えなかった。雰囲気のある飾り窓や扉からは想像もつかない、素っ気なく事務的な空間が広がっていたのだ。

スチール製の棚が壁際に二台、部屋の中央に長テーブルが一つとパイプ椅子が三つ。テーブルには濃紺のクロスがかけられて、ポツンポツンと商品らしき物が並べられている。棚や床には大小様々の段ボールが置いてあり、幾つかの蓋は開けられていた。引越ししたばかりで荷ほどき中のオフィスか、倉庫のようだった。

床も壁もありきたりの白で、内装にも全く手が入れられていない。

「ここは仮店舗なの」

リラが言った。

「本店舗の準備がなかなか進まないから、ともかく営業を始めようと思って。お客様がいらっしゃれば、店の空気は動くものだから」

その時、シャランと鈴の音がして、楓は扉を振り返った。書類を手にした青年が入ってきた。彫の深い顔立ちをした、謹厳実直を絵に描いたような男だ。リラが気安く声をかける。

「おかえりなさい」

「ああ」

顔をあげた青年は、楓と春樹の姿に眉をひそめた。

「どういうことだ？」

青年はリラに目をやった。口調は明らかに彼女を咎めている。

「お客様を案内したの」

楓はひやりとしたが、リラは平然としていた。

「このまま閑古鳥が鳴いていたら干上がってしまうでしょう」

「店はまだ……」

青年は何か言いかけたが、ふいに諦めたように吐息をついた。

「好きにしろ」

言い捨てた青年はくるりと背を向けると出て行ってしまった。シャランと、どこか心細げに鈴が鳴る。

「愛想がない店主でごめんなさい」

「私たち、帰ります」

「あら、どうして？」

「だって……今の人、店長さんですよね？　お店はまだやっていないって」

リラは少しだけ考え込むように口元に手を当てていたが、やがてぽんと両手を打った。

「それなら、今日はプレオープン、内覧会ということで。色々、意見を聞かせて欲しいわ。今、お茶を入れるから座って」

優しいけれど強引な少女のペースに逆らえず、楓たちはパイプ椅子に腰を落ち着けた。

奥へと消えたリラはすぐにティーカップを載せたトレイを手に戻ってきた。長テーブルに置かれたのは、殺風景な室内にはそぐわない美しいカップとソーサーのセットだった。白磁（はくじ）にラベンダー色の薔薇（ばら）が描かれていて、そうした物にまるで詳しくない楓にも、高価なカップだということがわかった。カップの中を覗き込むと、綺麗（きれい）なオレンジ色が白磁にはえ、紅茶の香りが、ふわりと広がった。

春樹は興味深そうにカップを手に取り眺めている。

「一八九〇年代、英国製のボーンチャイナよ」

「こういう物を売っているんですか？」

「いいえ」

リラは首を振った。

「このお店は、眼球にまつわる品だけを扱っているの」

「眼球？　目ですか？」

「ええ。店名は何のひねりもなく『眼球堂（がんきゅうどう）』と言うの」

春樹の唇が微かに動いた。眼球堂。

「以前は別の場所で店を開いていたのだけど、火事があったの。店は全焼して、持ち出すことができた品はわずかだったわ」

リラはそっと吐息をついた。

「あの人は、この店の店主のことだけど、たぶん自分が思っていたよりもずっと店を愛していて、再建に向けて気持ちを切り替えられずにいるのね」

楓はカップを置いた。

「見せてもらって良いですか？」

「もちろん」

楓は三人でお茶を飲んでいた長テーブルの上から見ていった。

緑色のガラスが嵌った重そうな眼鏡（めがね）、目盛りの部分に模式化された人の目が刻まれている気圧計、背表紙に金色の眼球が打ち出された古びた書籍、人の目の形をしたポーチ。

テーブルには値段を記した付箋（ふせん）が貼り付けてあったが、それが骨董品の相場として高いのか安いのか、楓にはわからなかった。楓の小遣いでは、ちょっと手が出ないけれど。

「今ちょっと仕入れのルートが限られていて、なかなか良い品が集まらないの」

リラが歯がゆそうに言った。

「仕入れ？」

「骨董品を買い入れるのは私の担当で、前の店が焼けてしまうまでは、ずいぶん遠い所まで足を運んだものよ。世界中から、二つとない品を仕入れていたのに、今では……」

　リラは言葉を切った。

「……これは？」

　スチール棚を眺めていた春樹が小さな籠を手に取った。中に色とりどりのガラス玉が入っている。一つ七百円と、手頃な価格だ。

「蜻蛉玉よ。それはかなり古い物で、今では幻と言われる技法が使われているの」

「綺麗」

　楓は一つのガラス玉を手に取った。こっくりと深い青色だ。ビー玉なら子どもの頃に沢山持っていたけれど、それよりずっと複雑で美しい模様が描かれている。完全な球体ではなくわずかに歪んでおり、それが不思議と掌に馴染む。

「それはね、目のお守りよ」

　楓は手にした蜻蛉玉をじっくり眺めた。模様は美しいけれど、目のようには見えない。

「眼病に霊験あらたかな神社があって、そこの神様は蜻蛉玉が大好きなの」

　ゆっくりと近づいてきたリラが楓の手から青い蜻蛉玉を取り上げた。それを明かりに透かすようにして、彼女は微笑んだ。

「平安の昔から、その神社にはお賽銭ではなくて蜻蛉玉を奉納するのがしきたりだったのだけど、いつの間にか語り継ぐ者がいなくなってしまった。だから神様は去ってしまったの」

＊＊＊＊＊＊

ゴーンと、除夜の鐘が鳴った。氏神(うじがみ)様の鐘の音だ。耳に馴染んだその音に少しだけほっとして、美奈(みな)は、おばあちゃんが編んでくれたマフラーに首を埋(うず)めた。

ここは家から三十分ほど離れた小さな神社だ。昔、神社だった場所、と言うべきかもしれない。昼でもしんとしていて、小学校でも「絶対に一人で行ってはいけない」場所と教えられていた。

普段なら絶対、こんな怖い場所には近づかない。でも今夜は、大切な用事があるのだ。

美奈はドキドキする胸を押さえて社に近づいた。ちゃんとした作法は知らないけれど、一生懸命お願いすれば、神様はきっと頼みを聞いてくれるだろう。

美奈はスカートのポケットからビー玉を取り出した。青い渦巻模様のそれは、美奈の宝物だった。背伸びをしてビー玉を賽銭箱に投げ入れようとした時、闇の中からにゅうっと、白い手が伸びてきた。

「何でもかんでも入れてはいかんぞ」

ビー玉を受け止めたのは、社の奥から現れた老人だった。老人は美奈の顔を見ると、にっこりと笑った。

「おや、小西さんちの美奈ちゃんではないか」

老人は美奈のことを良く知っているようだった。こっちにおいでと手招かれ、ついていくと社の裏手に、いつの間にか焚き火がしてあった。火の側には、美奈と同じくらいの年の少女が座っていて、綺麗な振袖を着たその子の左目は包帯で覆われていた。

「珍しいお客様だよ」

老人の言葉に少女はチラリと美奈を見たけれど、すぐにツンと横を向いてしまった。

「それにしても、美奈ちゃんは、いったい、何をしに来たんだね？」

「お父さんの目が治るように、お願いに来たの。ここは、目の病気を治してくれる神様のいる場所だからって」

「ほほう」

老人は面白そうに、振袖の少女を見やった。

美奈のお父さんは飛行機のパイロットだ。でも目を悪くしてしまって、このままだと仕事を続けることができなくなってしまう。幾つもの病院に行ったけれど良い結果は出ず、そんな時、近所のおばあさんが「眼病にご利益がある神社」のことを教えてくれたのだ。

もう長いこと、神様は留守にしているようだけど、そんな神社でもお正月だけは神様が戻ってくると教えてくれたのも、そのおばあさんだった。

「一年のはじまりの日に、自分が大切にしている物をあげると、神様が願いを叶えてくれるって」

だから美奈は、勇気を出してやってきた。自分の一番大切な、綺麗なビー玉を持って。

「ううむ。色々と間違った認識だが……」

唸る老人の手から、振袖の少女がビー玉を取り上げたのは、その時だった。小さな白い手がクルクルとビー玉を回す。焚き火の明かりを受けてキラキラ光りながら、コマのように回ったビー玉は、やがてゆっくりと動きを止めた。

「あ……」

美奈は息を呑んだ。いつの間にか少女の掌に乗っているのはビー玉ではなくて、ガラス細工の眼球だったのだ。

少女は無造作に左目の包帯を解いた。ぽっかりと闇が広がるけれど、美奈は不思議と怖くはなかった。その闇に、少女は眼球を埋め込んだ。ゆっくりと、一つ瞬き(まばた)をした後で、桜色の唇が動く。

「うむ。良い目じゃ」

古風な言葉づかいをする少女に、老人が聞いた。

「気に入ったかね？」

少女は重々しくうなずいた。

「ひさかたぶりに、われを信ずる人間に出会った。良き目も貰ったことだし、そちの願いは聞き届けよう」

美奈が驚いて声も出せずにいると、老人が教えてくれた。

「あまりにも人の訪れがなく、気まぐれで外に出たら迷ってしまったのだそうだ。長らくさすらっていたが、私の神社に立ち寄ったので、ここまで送り届けて来たところなのだよ」

あまり人に馴染まない神様だが、美奈の贈り物は気に入ったようだ。時々、遊びに来てあげて欲しい。そう続けると、老人は美奈に手を差し出した。

「さ、わしも新年の挨拶を受けに戻らねばならん。帰りがてら、お前さんも送ってやろう」

お隣のよしみじゃからな。

老人の手を取ると、目の前がゆらんと揺れた。すっかり眠り込んでしまう前に、美奈は飄々とした氏神様の声を聞いたのだ。

「今年も良き年であるようにな」

また一つ、除夜の鐘の音が響いた。

＊＊＊＊＊＊

「迷子の神様が無事に戻って、神社はまた眼病で苦しむ人々を救うようになりました」

お伽話を締めくくって、リラは青い蜻蛉玉をそっと楓の掌に落とした。小さな青いガラスがゆらめき、その奥に瞳が見えたような気がする。

楓はきゅっと蜻蛉玉を握りしめた。一目見た瞬間から素敵だなと思っていたけれど、リラの語る物語を聞いて、もっともっと好きになってしまった。

「私、これ買います」

「ありがとうございます」

リラはにっこりと笑った。

「ご希望があればストラップに加工することもできるわよ。今なら開店サービスで加工賃は無料で」

「お願いします」

ちょうど携帯電話につけるストラップを新しくしたいと思っていたところなのだ。

「じゃあ金具と紐をここから選んでね」

楓はリラが差し出した見本から銀の金具と、同色の組紐を選んだ。

「これは穴が開いていないタイプだから、金具を取り付けるには熟練の職人に加工を頼むので、少し時間がかかるの。そうね、一週間くらいかかな。仕上がったら電話かメールで連絡しましょうか？」

「はい」

リラは大きな帳面に楓の電話番号を控えた。それから小さな紙片を渡してくれた。

『眼球堂』という文字と模式化された眼球が一つ浮彫に印刷されているシンプルなショップカードだ。リラはカードの余白にサラサラと電話番号を書きつけた。

「不定休なので、来る時は連絡をしてね。あのベンチまで迎えに行くわ」

「はい」

楓はショップカードを丁寧に財布にしまった。

「でも、面白いですね。古い品物って、みんな物語を持っているみたい」

「そうね」

楓の言葉にリラは微笑んだ。

「そんなの作り話でしょう」

ふいに春樹が言い捨てた。

「骨董品に纏わる話なんて、商品価値を吊り上げるための作り話に決まっている」

「西条君、失礼だよ」

楓は眉をひそめた。ずっと自分の殻に籠っていた春樹が、前のように喋ってくれることは嬉しいけれど、こんな皮肉な言葉は聞きたくない。わざと相手を怒らせようとしているような。

「中にはそういう店もあるでしょうね」

リラは気にした風でもなく、さらりと続けた。

「でも、うちはそうではない。信頼に足る形で伝えられてきた来歴しか告げないというのが、店主の考え方だから」

「それが真実だと誰にも証明できないのに？」

春樹は鼻で笑った。楓はハラハラしたが、リラの眼差しは揺るがなかった。怒りもなく、傷つくこともない静かな声が答えた。

「真実であるか否かは、問題ではないのよ。この物語を、人々が想いと共に引き継いできたことに価値があるの」

完全に納得したようではなかったが、春樹は口をつぐんだ。彼がまた失礼なことを言い出さないうちに、そして自身でも疑問に思ったことがあって楓は聞いた。

「でも、中にはその物語がわからないこともありますよね？　うんと古い物だったり」

「もちろん、あるわ。そういう時は、答を待つの」

「待つ？」

「自分たちで調査する他に、同業者から情報が持ち込まれることもあるし、ひょんなことで縁（ゆかり）の人が現れることもあるわ。そして、物語の声を聞く者が店を訪れることもある」

「……物語の声を聞く？」

春樹が聞いた。揶揄（やゆ）するようなところは少しもなく、本当に不思議そうな声だった。

「うちの店主はああ見えてロマンチストで、信じているのよ。骨董品が抱いている物語を感じ取る。そういう力を持つ存在がいることを」

「霊能力者みたいな？」

五感を超えた何らかの力。

「この国では見鬼（けんき）と言うそうね。彼の生まれ故郷では『妖精の瞳』を持つと言ったけれど」

「妖精の瞳……」

ふいに春樹の声が掠れた。

「西条君？」

彼の様子はおかしかった。頭痛に耐えているように、ぎゅっと目を瞑って いる。

「どうしたの？」

「……ああ、なんでもない」

目を開けた春樹は、何かを振り切るように強く頭を振った。

「何か、ぼんやりと思い出しそうだったんだ」

忘れていたことを。春樹は聞き取れないほど小さな声でそう続けた。自身の記憶に欠落があることを彼は知っているのだ。そのことを、春樹は今まで誰にも告げなかった。高い壁を作って誰にも踏み込むことを許さなかった。

「この店を訪れたことはない筈なのに、なんだか懐かしい気がする」

春樹は、まっすぐにリラを見た。

「初めて会う筈なのに、あなたを知っているような気がする」

「……そう」

リラは微かに目を伏せた。

「西条君」

楓は思わず春樹の腕を掴んだ。

連れて行かれてしまう。

馬鹿々々しいと思いながらも、春樹がリラの手を取って、そのまま二人、楓の知らない所に行ってしまうような不安が胸をせりあがってきた。

「もう、帰ろう」

「でも……」

「ほら、荷物、ベンチに置きっぱなしだし」

すっかり忘れていたけれど、今日はそもそも美術部の買い出しでやって来たのだ。春樹がリラに誘われてふらふらと歩き出した時、後を追うことに必死だった楓も荷物のことまで頭が回らなかった。

「ああ」

春樹は目が覚めたように楓を見た。

「そうだった」

「地下で買い物もしないと」

リラは楓たちを引き留めようとはしなかった。店を出て白い廊下を進み、仮設のパーテーションにつけられた扉まで、二人を送ってくれた。

「いつでも遊びに来てね」

リラの声に送られて、楓と春樹は百貨店のフロアに足を踏み出した。眩(まぶ)しいほどに明るい売り場に目を瞬かせて、一瞬立ち尽くしてしまう。

「良かった、ちゃんとあった」

春樹が足早にベンチに向かった。画材店の袋に入った荷物はそのまま置いてあった。

楓は、ほっと肩で息をした。部費で購入した荷物が誰かに持ち去られていなくて良かった。そして、あの店を後にしたら春樹がまた口を閉ざしてしまうのではないかという不安が拭(ぬぐ)われて。

「地下でレーズンを買うんだろう」

「うん」

楓は春樹と並んで歩き出した。

「不思議なお店だったね」

骨董屋としての品揃えは魅力的ではなかったし、店主はなんだか感じの悪い青年だった。

それでも、なぜかしら惹(ひ)かれる。

二章　時の少女2

リラが店に戻ると、眼球堂の主は長い足を持て余すようにパイプ椅子に腰を下ろし、帳簿をめくっていた。英国製のスリーピースを完璧に着こなした男には、あまりにもそぐわない光景だ。彼に似合うのは、深紅のビロードが張られた安楽椅子や、紫檀のテーブル、アンティークランプの柔らかい明かり、そしてタペストリー。

趣味が良く心が満たされる、という意味で贅沢だった以前の店を思い出し、リラは吐息を噛み殺した。

「どうした？」

青年が顔をあげた。

「いつになったら、本気で店を再建する気なの？　あなたには難しくないくせに」

少なくとも入れ物である店自体については。時空の狭間に店を構え、内装も調度も自在に調えることが彼にはできると、長い付き合いであるリラは知っている。

けれど青年は火事で失われた店を一向に復元しようとしなかった。初めのうちは彼の意志を尊重していたリラも、季節が一つ二つと過ぎ、ついに一年ほどがたつに至って痺れを切らし自ら動き出したのだ。

リラには青年のような力はない。少しばかり人の目を惑わすことができるくらいだ。だから、現実世界であるここに仮店舗を置いた。扉にだけは、招かざる者が入り込まぬよう青年が細工をしたが、それ以外は隅から隅までがリアルだ。このスペースは不動産会社を通して正式に賃貸契約を交わしている。

それからリラは商品の仕入れに取り掛かった。青年はリラを止めなかったし資金を出し渋ることもなかった。少しずつでも商品を充実させて内装を調えていけば、そのうち彼もやる気を取り戻すだろう。リラはそう思っていたのだが、事態はまるで好転しなかった。

青年はリラが準備を進める仮店舗に少しも興味を示さなかった。

それならば自分一人で好きにやる。と言い切ることができない事情がリラにはあった。

「仕入れに行きたいのだけど。少し足を延ばして」

「先日も京都に行っただろう。あの蜻蛉玉は良い品じゃないか」

「そういう意味じゃないとわかっているでしょう」

リラは苛立ってテーブルに手をついた。

「以前みたいに、時空を超えて仕入れに行きたいの」

それには青年の力が必要だ。彼から渡された指輪がリラに時空を超えさせる。

だが指輪は今、リラの手元にはなかった。店が火に呑み込まれた時、青年がリラから取り上げたのだ。本来の持ち主である彼の手にある方が力を発揮するからと言って。

実際に、その力があって二人は炎からも、彼らをつけ狙う者たちからも、逃げおおせることができた。

ところが、それきり青年はあの指輪をどこかにしまいこんでしまった。リラは幾度か指輪を渡すよう頼んだが、そのたびに彼は首を横に振った。

「今は身を潜(ひそ)めるべきだ。脅威が完全に去ったわけではない」

確かに長い逃亡生活の中で、あれほどまでに敵の手が迫ったことはなかった。

間一髪、その手をかいくぐることはできたが、しばらくは時空を旅するような派手な振る舞いはすべきではない。現実世界の片隅で息を潜めるよう暮らすべきだと、青年は言う。

「そんなの意味ないわ」

リラは反対した。

「それでいつまで隠れているの？　このまま逃げ続けているだけでは、アンリの行方を知ることはできないわ。彼に博士の眼球を届けることも」

リラの雇用主であったエプスタイン博士は孫息子のアンリの為に、植物性のクローン眼球を作り出した。これまでにない画期的な発明で、眼病に苦しむ多くの人を救う筈だった。けれどそれをアンリに移植する前に、クローン眼球を我が物にしようとする者たちに博士は襲われ、自ら命を絶った。

危機を予想していた博士は眼球を持たせたリラを逃がした。アンリとその母親もかろうじて亡命することができたが、その足どりは途絶えた。

リラはずっとアンリの行方を探しているのだ。

「私は今度のことはチャンスだと思っている」

炎で焼かれた髪を切り落としながらリラは心を決めたのだ。自分を餌（えさ）にしてでも、奴らと接触してアンリの手がかりを探るのだと。

青年も一度は賛成してくれた筈だった。周囲を巻き込むことはできないと、あの店は捨てざるを得なかったけれど、またすぐに新しく店を構えようと。

それなのに、ここに来て彼の腰は重くなった。

「過保護」

リラは唇を尖（とが）らせた。

「一度は賛成してくれたのに」

青年は苦笑するばかりだ。彼が失ったものの大きさを思うと、リラもそれ以上責めることはできなかった。

彼の城であった店から持ち出すことができた物は多くはない。リラは博士の形見であるクローン眼球と、この町で出会った少女が綴った一冊のノートを。青年は一枚のタペストリーを。

「今はまだ動く気になれないんだ」

吐息に似た囁き(ささや)が青年の口から零れ落ちた。物憂げで、生きることに厭いてしまったような眼をしている。それは、出会ったばかりの頃の彼の姿だった。

＊＊＊＊＊

ふわりと意識が浮上した。

重い瞼(まぶた)を無理やり持ち上げると、見知らぬ天井が瞳に映った。リラは息を潜めて自身の置かれている状況を探った。全身は重くて左肩に痛みがあるが、拘束されているようではなかった。周囲に人の気配はない。ゆっくりと視線を動かして部屋の全容を確かめていく。そこは狭いけれど清潔で暖かい部屋だった。

リラが横たわっている寝台と背もたれのない小さな椅子とサイドテーブルの他に家具はなく、アイボリーの壁紙が張られただけの殺風景な部屋だ。病院かもしれないと思ったが、ベッドカバーに目を落とした時に違うとわかった。くったりとした古い物だけど、手の込んだパッチワークのそれは長く受け継がれてきた物に違いない。

ゆっくりと身を起こして窓の外を見ると、雪が降っていた。それで、リラは少しずつ自分の身に起こったことを思い出していった。


博士の家からクローン眼球を手に逃げ出した後、敵の正体もわからず追われ続けた。眠ることも、わずかな水の他に何か口にすることもできなかった。

撃たれて動けなくなったのは雪の夜だ。

凍える雪の中に倒れ伏し、荒々しい手に引きずり上げられた瞬間、逆巻く風が視界を遮った。ホワイトアウト、立っていた者たちは皆なぎ倒されるほど強い風だった。リラを掴んでいた男の手がもぎ取られるように離れていく。

リラは必死に雪の上を這い進んだ。幾度もの銃声と、絶えることのないサイレン音、飛び交う罵声。それらが少しずつ遠くなっていく。そして、ふっつりと激しい風音が止んだのだ。

雪は変わらず降っていたが、それは柔らかく、不思議なぬくもりさえ感じられた。雪の中に小さな灯が見えた。その灯に呼ばれたような気がして、リラは歩き始めた。もう、立ち上がることなどできないと思っていたのに。

たどり着いたのは小さな骨董屋だった。飾り窓から窺うことができる店内は、古い時代の一枚の絵のようで、いつまでも眺めていたくなる。けれどリラはよろめきながら店の裏手に回った。明るい場所は危険だ。

裏路地の暗がりに身を潜めたとたん、体から力が抜けて意識が遠のいた。

店の裏口の扉が開き、人の声がしたところまでは覚えている。あの声の持ち主がリラをここに運んだのだ。敵か、味方か、まだ判断はできない。

リラは、はっとして自身を見下ろした。だぼっとした綿の寝間着を身に着けている。逃げ出してから着た切り雀（すずめ）だった服ではない。あの服のポケットには博士の眼球が入っていたのに！

リラは寝台から飛び降りようとしたが、体が思うように動かない。

「起きたのか？」

ふいに扉が開いて、リラは凍り付くように動きを止めた。姿を見せたのはリラより五つほど年上に見える青年だった。腕に小さな包みを抱えている。

「医者は、まだしばらく目を覚まさないと言っていたが……」

リラは寝台の上でギリギリ壁際まで下がった。青年が話している言葉はリラの知るどんな言葉とも違った。それなのに透明な幕を通したかのように、彼の言っていることは伝わってきた。

「君が身に着けていた服は、もう使えないだろう。血まみれだったし、ひどく破れていた。一応洗濯はしておいた。何かのよすがになるかもしれない」

青年は手負いの野良猫のようなリラに平然と話しかけてきた。言葉が伝わっていることを疑ってもいない。

「ポケットの……」

乾いた喉が痛んで、リラは言葉を切った。

「中に、あった物は？」

「布にくるまれていた古い球根のことか？」

青年の表情にリラを騙(だま)すようなところはなかった。彼はあれを単なる球根だと思っているのだ。リラは小さくうなずいた。

「服と一緒にしまってある。起き上がれるようなら、何か飲んで食べた方がいい」

青年は手にしていた包みを丸椅子に置いた。

「裏の家のばあさんが譲ってくれた。孫息子が子どもの頃に着ていた服だそうだ。私は店を閉めてくるから、着替えたら来ると良い」

それだけ言い置いて、青年は部屋から出て行った。

リラは思い切って寝台から降りた。彼が敵にしても味方にしても、いつまでもここに籠っているわけにはいかない。寝間着姿では逃げることもできないし、空腹と渇きを覚えているのも事実だ。

痛む左肩をかばいながら、リラは青年が置いていった服を取り上げた。あまり触れたことのない手触りの布地だ。デザインも流行(はや)りの物ではない。青年が身に着けていた服もそうだ。彼にはとても似合っていたが、ああいうタイプの服を、リラは百年も二百年も昔の写真の中でしか見たことがなかった。

ここは、リラが博士と暮らしていた都市ではない。あの青年が、ずっと離れた場所にリラを運んだ?

気を許してはならない。自身の素性を、まして博士の眼球の正体を悟られてはならない。

リラは心を静めて、扉に手をかけた。


扉を開けた先は、リラが想像したような居間やキッチンではなかった。

「雑貨屋さん？」

いや、そうではない。リラは降る雪の中に輝く飾り窓を思い出した。

「ここ、骨董屋さんね」

「ああ」

リラは、売り物であろうライティングデスクの上に雑多に積み上げられた紙ばさみとスコーンの載った皿、ソファに置かれたジャケットに目をやった。棚に並べられた商品はうっすらと埃(ほこり)をかぶっている。

「ここは父の店でね、彼は二年前に亡くなった」

青年はやや言い訳がましく言葉を継いだ。

「私が後を継いで……開店準備中で散らかっているが、たまに父の馴染みだった客が来ると相手をせざるを得ない」

青年は天井まで作り付けの棚から茶色の紙箱を下ろすと、それをティーテーブルに置いた。手招きされ近づくと、彼は箱をリラの方に押して寄越した。

「君の持ち物だ。時に君は紅茶とコーヒー、どちらが好みだ？」

「紅茶を」

うなずいた青年が席を外すのを待ってから、リラは茶色の箱を開いてみた。血に染まりあちこち破れた服と、濡れてほとんど判読ができなくなってしまった博士の本、そして鶏の卵ほどの大きさの小さな乾いた塊。リラはその塊だけをポケットに押し込んで、箱の蓋を閉めた。

箱をテーブルの端に寄せたところに青年が戻ってきた。象牙で作られた繊細で美しいテーブルに、彼は無造作にトレイを置いた。紅茶のカップが二つと山のように盛られたスコーン、ブルーベリージャム。

「店で生活しているんですか？」

そんなことを聞いている場合ではないと思いながらも、リラは思わず尋ねた。あのライティングデスクを見るまでもなく、彼がこの部屋を書斎代わりにしていることはわかった。

「二階が住居になっている。寝室も書斎もキッチンも、そちらにあるが、一人だとここの方が気楽だ。たまの客の為にわざわざ上から降りてくるのも煩わしいしな」

リラが寝ていた部屋は、もとは在庫の収納に使われていたところだが、仮眠できるように予備の寝台を運び込んだのだという。

「狭いところだが、君はあの部屋を使えばいい」

「でも……」

「行くあてもないのだろう？　私は君を助けるつもりも、陥れるつもりもない。ただ数日の宿を提供するだけだ」

　青年は、あっさりと言った。

「君の身の上については、父親に幾ばくかの責任があるようなのでね」

「どういうことですか？」

　リラは紅茶を飲んで、スコーンに手を伸ばした。

「父は、なんと言うか、少しばかりおかしな力を持っていてね、生前このあたりで色々やらかしたようで、この店の周囲ではいささか時空が不安定になっているんだ。時折、流れ込んでくる者がいる」

　リラは眉をひそめた。この青年は冗談を言っているのか、それとも妄想に囚われているのか？　青年は気にする風でもなく肩をすくめた。

「まあ、夢物語と思っていればいい。数日、長くとも一週間もすれば君は元いた場所に引き戻されていくだろう」

　数日から、長くとも一週間。ここで心身を休ませるのは悪くない。リラはそう結論を出した。青年にリラを害する意思があるのなら意識を失っている間に幾らでも機会はあったのだから。怪我を癒し、青年から必要なだけの情報を引き出す。あわよくば逃走資金になりそうな金品をいただいていけば良い。

「君のことを何と呼べば？」

「え……」

リラは一瞬つまった。適当な偽名を伝えれば済むことなのに。

「まあ、いい。名前など符丁のようなものだ。いまだ自身の店の名前すら決められずにいる私が言うのもなんだが。……そうだな、君のことはウイローと呼ぼう」

「ウイロー？」

「こちらでは川沿いで良く見る樹木だが、君のいた場所では見なかったか？」

「柳なら知っている。ただ、どうしてその名をと思って」

「緑のもので人名として不自然でないものを考えた。君は印象的な瞳をしている。エメラルドかペリドットというところだが」

博士が良い目だと褒めてくれた緑の瞳。眼病で光を失うかもしれなかったところを、博士が助けてくれた。

「私のことは、ジムとでも呼んでくれ」

青年は銅板刷りのショップカードをテーブルに置いた。その文字も未知のものであるのに、意味が理解できた。

「ジムの店？」

「ここは父の骨董屋だった」

それでは、ジムというのは青年自身ではなく、彼の父親の名だ。偽りの名を呼び合う、仮初の関係に相応(ふさわ)しい。

「ジムって感じじゃないですけど」

その名の響きにある親しみやすさが、青年からは微塵(みじん)も感じられない。

「何を言うかと思えば……」

青年はわずかながら呆(あき)れたような眼差しをリラに向けた。確かに、こんな呑気(のんき)なことを言っている場合ではないのだ。

「まあ、いい」

肩をすくめた青年は微かに笑った。

「ジェームズ。それで良いだろう」

それから青年とリラは短い同居生活について幾つかの取り決めをした。互いのことに踏み込まないことは大前提だ。リラは店の外に出ない。もし店で青年の知人に会ったら、ロンドン見物に来ている親戚の子どものふりをすること。

借りた子ども服はリラの体にぴったりだった。もとから小柄な方だったが、逃亡生活で痩せてしまい今のリラは十二、三歳の子どものように見えるらしい。長い髪を帽子に押し込めれば男の子で通りそうだ。

微かに時計台の鐘の音が聞こえた。

「ああ、零時になるんだな」

リラにはまるでわからないが、青年はそうつぶやいた。

「今夜はもう休むと良い」

「あなたは？」

「私はもう少し起きている」

やりかけの仕事があるのか、青年は紙ばさみが積み上がったライティングデスクの方に軽く手を振ってみせた。


骨董屋「ジムの店」はロンドンのメインストリートからは離れた場所にあり、大きな看板を出しているわけでもない。

青年の父親が開いた店だから老舗というほど歴史があるわけではないのだが、知る人ぞ知る名店だったらしい。店主が亡くなり二年になるが、今でも店を訪れる者がいる。手紙での問い合わせは海を越えて届くこともあった。

「いい加減、返事を書いたら？」

ティーポットをドンっとばかりにテーブルに置いて、リラは青年が返事を書かず、ため込んだ手紙の山を見やった。封も切らずに重ねられているものもある。

手紙の送り主は店が代替わりしたことも知らぬのか、宛名は先代のままだ。亡くなって二年もたつのに。

「そうだな」

うなずいたものの、青年の意識がそちらに向けられることはなかった。

数日を共に過ごし、リラが知った青年の気質は端的に言って「怠惰（たいだ）」だ。リラには開店準備中と言ったが、彼は店を再開する為に動いてはいなかった。

昼近くに起き出し、行きつけのカフェで軽い食事をし、公園まで散歩。必要であれば買い物をして帰宅後は、ずっと書物を紐解くか何やら小説めいたものを綴るかしている。

「それ、仕事なの？」

一度リラがそう聞いた時、青年は少しばかり動揺した。

「……いや、ただの暇つぶしだ」

「ふーん」

暇つぶしにしては飽きもせず毎日ライティングデスクに向かっているが、趣味というほど楽しんでいるようではないし、小説家志望というほど熱意は感じられない。

お茶の時間だけは律義に守り、それなりに正式なアフタヌーンティーを楽しむ。また書物を手に午後を過ごし、気が向けばバーへ、面倒であればパンを齧って夕食を済ませると、今度は夜更けまで蓄音機で音楽を楽しむ。

ほんの小さな時から他人の屋敷で働いてきたリラから見ると、呆れるほど優雅で怠惰な日々だ。

「今日は洗濯屋に行ってくるから」

「外に出るのは控えるようにと」

「そんなこと言っていられない。あなたが長くても一週間と言ったから大人しくしていたけど、もう三週間よ。ずっと籠っているのは無理よ」

リラの言葉に青年は顔を曇らせた。

「それについては、私にも事情がわからないのだが」

「別に、あなたを責めていないわ」

彼の話が本当のことだとすれば、リラがこの町に飛ばされてきたのは先代店主のせいなのだ。青年が責任を感じる必要はない。それにあの瞬間、リラが救われたのは事実だ。

「ともかく今日は洗濯屋に行くから、洗濯物を出しておいて。それから、ペンと紙を買いたいから、お金も」

傷の痛みも取れたリラは、宿代の代わりではなく自分のために、あれこれ立ち働くことにした。家主である青年に任せておいては朝夕の食事もままならないし、埃まみれの場所で寝起きするのはごめんだ。

数日前から、リラは骨董屋の掃除に取りかかっていた。埃を払い、帳簿と突き合わせて品物の確認をし、古い値札を書き改める。それはなかなか楽しい作業だった。特に古書の整理が好きだった。

青年と意思の疎通ができる力は読み書きにも作用していて、それも思いがけない便利なものだったのだ。英語であれフランス語であれロシア語であれ、あるいはもっと遠い中国の言葉であれ、リラにとっては同じことだった。

「他に何か買ってくるものはある？　この寒さでは、あなた今日は一歩もここから動かないつもりでしょう？」

青年は小さく苦笑して立ち上がると、棚から取り出した財布をそのままリラに渡してよこした。

「ではハロッズに寄ってスパイスを買って来てくれ。お茶にアーサー卿がいらっしゃるのだが、あの方がお好きなカルダモンを切らしていた」

「ああ、あの方ね」

青年の父の顧客であったアーサー卿は古書の収集家だ。この店にある古書を買い取りたいと、幾度か足を運んでいるのだ。彼が提示した金額が適切なものであるか、青年は判断を保留している。と言って正式な鑑定に出すわけでもなく、いたずらに時が流れていく。

「アーサー卿は投機としてではなく、真に書物を愛する方だ。この店で埃をかぶっているよりも、あの方の図書室に収められた方が書物は幸せだろう。父との付き合いを考えれば、買い叩きに来ているとも思えない」

「でも、あなたを試しているかもしれない。卿が愛した店を継ぐに相応しい者であるか？」

「そうだな」

「卿が提示した価格は十分なように思うけれど、迷いがあるなら、その直感を大切にした方が良いわ」

リラの言葉に、青年は驚いたように顔をあげた。

「何？」

「いや、父も同じようなことを口にしたから」

直感というのは、オカルティックで不確かなものではない。これまで重ねてきた経験から導き出された違和感なのだ。

青年は古書の並んだ棚の一角に目をやった。比較的初期の印刷本が二十七冊、希少な物ではあるが、状態はあまり良くない。父が生前、嵐で水没した荷に含まれていた物を破格の値段で買い入れたと聞いたことはある。油紙で厳重に梱包されていたものの水濡れを完全に免れることはできなかったのだ。

「最初に買い取りの話があったのは二年前、父の葬儀のすぐ後だった」

店の全てを売り払い旅立つことも考えていたのだから、卿の申し出は願ったりかなったりの筈だった。だが青年は即答を避けた。

「急いではいけない。そんな気がした。この書物たちの真の価値を知る者が訪れるのではないかと」

「どれか気になる本があるの？」

「そういうわけでもない。半分以上は読めないものだ」

ドイツ語、ポルトガル語、ラテン語。ページをくっても、青年には読むことができない活字が並ぶ。

「ちょっと変わったコレクションよね。ほとんど医学書だけど、美術書と、子ども向けの物語も交じっている」

「……ああ、君には読めるのか」

「読めると言うのとはちょっと違うけれど、そうね、内容はわかる」

青年は少しだけ探るような目でリラを見た。

「君はどう思う？　アーサー卿は何を求めている？」

「それはわからないけれど」

リラは棚から一冊の本を取り出した。二十七冊の中では一番小さく薄い。銅板刷りの挿絵が入った子ども向けの物語の本だ。

「あの方はこの本たちがバラバラに売られていくことを嫌がっているような気がするの。だからまとめて引き取りたいとおっしゃっている。コレクションとしての価値があるということね」

「コレクション」

「古書の収集家といってもテーマはある筈。卿はどんな本を集めていらっしゃるの？」

「私が知る限りでは、シェイクスピアだな」

「誰、それ？」

リラの素直な問いかけに、青年は何とも奇妙な表情を浮かべた。

「ああ……まあ君が知らないのも無理はないが、十六世紀の劇作家であり詩人。最も偉大な英文学作家と言われている人物だ」

「その人物に関わりのある資料かもしれない」

「シェイクスピアの手紙や日記、自筆原稿はほとんど残っていないとされる。そのいずれかであるとすれば、確かにアーサー卿が喉から手が出るほど欲してもおかしくはない」

「もう少し読み込んでみるわ。その、シェイクスピアとかいう人の作品があるなら、読んでみたいんだけど」

リラはランプの明かりを手元に引き寄せた。


「今日は色よい返事を貰えると期待して良いのかな？」

アーサー卿は紅茶を運んだリラがそのまま同じテーブルについたことに、わずかに咎めるような視線を向けた。彼の中でリラの認識はメイドか下働きの子どもであることは容易に想像できた。リラは構わず商談に入った。

「私どもで調べたところ、これらの書物には共通のテーマがあることがわかりました」

「ほう？」

「眼球、ですね」

ティーカップに伸ばされたアーサー卿の手が揺れた。

「私はこれらの書物を調べる傍ら、公開されているあなたの蔵書リストを拝見しました。シェイクスピアに関する見事なコレクションをお持ちですね。でもあなたのコレクションにはもう一つ特色がありました。医術書、とりわけ解剖学に関する書籍をお持ちです」

「……これは、驚いたな」

アーサー卿の猛禽(もうきん)類を思わせる眼差しを、リラは静かに受け止めた。

「いつの間に、こんな目利きを雇ったのか」

「姉の嫁ぎ先に縁のある子どもです」

青年が用意されていた説明を口にする。

「たまたま、こちらに遊びに来ていまして」

「そうか」

ほうっとため息のような吐息をついて、アーサー卿はソファに身を沈めた。

「認めよう。私は人体の構造に非常な興味を持っている。とりわけ脳と眼球に。伯爵家の跡取りとしての立場がなければ、私は医術の道に進みたかったのだよ。むろん父が許すわけがない。ドクターならばまだしも、私が望むのはマスターだ。私に許されるのは、せめて医術を学ぶ者たちのパトロンとしての仮面をかぶり、収集した書物を繙(ひもと)くことだ」

「人は誰でも自由に学ぶ権利を持っています」

少なくとも、リラは博士からそう教えられた。

「望む道を歩まれては？」

アーサー卿は驚いたようにリラを見た。

「淑女らしからぬ物言いだな」

「田舎育ちの娘。私に免じてご容赦ください」

あまりに奔放で無邪気な子どもに対して、彼は寛大だった。

「だが不快ではない」

そう言ってアーサー卿はリラの方に身を乗り出した。

「東洋の古書があったろう？」

「はい」

革張り装丁の書物の中に、一冊だけ糸で綴じられた書籍が交じっていた。

「あれは中国のものだ。幻の書と言われる医術書で、真の価値を知る者は少ない」

アーサー卿は結局、店にあった翡翠（ひすい）の置物と共にその一冊だけを買い求めた。

「母は最近シノワズリを好んでいてね。これならお気に召すだろう」

残された書物を青年はガラスの扉がついた書棚に収めた。分売不可という断り文句といい、目の玉が飛び出る値段といい、彼が既にそれらを売る気ではないとリラにはわかった。それはアーサー卿の為に取り置かれたのだ。

いつかアーサー卿が爵位を継いで、今よりも自由と富、権力を手にした時の為に。

「飾りとしては立派だけど」

ずいぶんと無駄なことをする。リラは暗にそう告げた。

「このコレクションは、店の在り方を決めるだろう」

リラは首を傾(かし)げた。

「私が店を継ぐとすれば、父のそれとは違うものにしたいと、ずっと考えていた。私には彼のような鑑定眼も人脈もないからな。父の遺産を食いつぶすだけでは数年ももたない。新たな特徴を持たせなければと」

「書物を中心に置くということ？」

「いや。眼球に特化した店にしようかと考えている」

「それは、ずいぶん思い切った考えだと思うけれど」

「だがアーサー卿がそうであるように、眼球というものに惹かれ、求める者は少なくないように感じる」

その精密な構造と、神秘の力。人はそこに何を感じ、何を求めるのだろう。ある者は美しさを、ある者は奇怪さを。科学を、魔術を、そして幻想を。

「このまま一生、開店準備中というよりましかもしれないわね」

親の遺産を食いつぶし、売れない原稿を書き溜めるよりは、よほど前向きだ。

「がんばって」

「力を貸して欲しい。いや、取引をしたい」

リラが思いもかけないことを青年は言い出した。

「取引？」

「この世界のあらゆる言語を理解する君の力は役に立つ。私の店の従業員、望むならば共同経営者としてでも良いが、仕入れを担当してほしい。どこに行き、何を買うか、君の判断に委ねよう」

「それは、私が好きな場所に行って仕入れをして良いということ？」

「ああ」

「例えば……」

リラは慎重に言葉を続けた。

「別の世界に行くことも？」

束の間、互いを探り合うような沈黙が落ちた。これは刹那の関係、相手の事情には踏み込まない。その暗黙の了解が破られようとしている。

「君が望むなら」

青年は静かに答えた。彼は立ち上がると棚から一つの小箱を取り出した。精巧な木彫り細工がなされた古い箱だ。蓋を開けると中には銀色の指輪が入っていた。

「これは父の持ち物だ。父はこれを使い数えきれないほど時空の旅をしていたと言う。数十年、もしかすると数百年の間。だが彼は、この町を気に入って留まることにしたんだ。最初はそう長居をする気はなかったのかもしれない」

旅から旅への日々の中、ひと時の港のつもりだったのかもしれない。

「この店にいれば、父は年をとらずにいられた。だが外に出れば、人と同じように時を刻んだ。父は次第に町に馴染み、一人の娘に恋をした。彼女と同じ時を過ごすことを望んだ父は、ついに他に家を借りて住むようになった。娘と結婚して、二人の間に私が生まれた」

すっかり町に根を下ろしたジムは、人として生き、人として死んだ。

「流行り病で、呆気なくね」

「お母様は？」

「ずいぶん前に、私がまだ子どもの頃に事故で死んだ」

青年は小箱から取り出した指輪を薬指に嵌めてみせた。

「時空の綻び(ほころび)というものは、あらゆる所にあって、この指輪を身につけていれば、そこを行き来することができる」

「あなたも？」

「私は平穏と安定を好む性質でね。その手の冒険には興味がない」

「それなら、指輪を使えるのはお父様だけだったという可能性があるのでは？　だって、人にない力をお持ちだったのでしょう？」

「行き来するだけならば、特別の力を持たずとも可能だ。かつての友が試したことがある。ああ、彼は無事に戻り、今では若い時に体験した旅のことなど忘れて平和に暮らしているが」

「それは何より」

「まあ、父は自ら道を通し望む場所と行き来をしたが、ただの人間にはそこまでのことはできないだろう」

リラが望んでも博士と過ごしたあの世界へ帰ることはできないということだ。時空の綻びというものが、リラをどこに連れて行くかはわからない。だが、可能性はある。何十回、何百回と旅をするうちに、元の世界を引き当てることはある筈だ。

リラは手を伸ばした。

青年は自らの手から指輪を抜いたものの、それをリラに渡してはくれなかった。手の中で指輪を転がしながら何事か考えている。

「君が、ここに迷い込んできた他の者たちのように、自身の世界に引き戻されないのは何故か、ずっと考えていた。特異体質なのか、相性なのか。この指輪を使い、君がどこに行くのか私には想像できない。もし元の世界に帰ることができるのなら、そこで指輪を外せばいい」

「でも、そうしたら指輪は戻ってこない」

「かまわない。ただ、どことも知れない世界に行って、そのまま帰ってこないのは困る」

それはおかしな話だ。リラが二度とこの店に戻ってこないとしても、その行き先を青年が知ることはできないのだから。元の世界に戻ったのか、全く別な場所で彷徨っているのか、彼はただ信じることしかできない。

「私のことなんて……」

「これは責任だ」

ふいに向けられた真剣な眼差しに、リラは息を呑んだ。

「猫を拾った者の最低限の責任として、落ち着き先を見届けたい。君が戻る場所は、元の世界かもしくはここだと」

「……どうやって？」

「二つの保険をかけたい。一つはこの店の者として仕入れに行くこと。君は仕入れた品を私に届ける義務がある」

「そうね。もう一つの保険は？」

「錨（いかり）となる物を置いていって欲しい」

「錨？」

「君の大切な物を」

「そんな物、私には何も」

リラは首を振った。ほとんど身一つで流されて来たのだ。

「君がここに来た時に持っていた球根とか」

「駄目よ！」

リラは鋭く言った。

「あれを人の手に委ねる気はないわ」

「そう思えるものだからこそ、錨としての価値がある」

「できない」

「では、君にこの指輪を渡すことはできない。そう言ったら？」

リラは唇を噛んだ。確かに自分は大切な物を差し出さず、彼の指輪を利用しようとするのは公平ではない。

「でも、あれは……私の物ではないの。大切な人からの預かり物で、それを私は届けなきゃいけない」

「ここにいる限り、その相手に会うことは二度と叶わない」

青年の冷ややかな声に、リラはうつむいた。

彼はリラを試しているのだ。どこまで彼を信じているか、己の全てを託すことができるかと。

「あなたの目には、古い球根に見えるのでしょうね。でもあれは、眼球なの」

「眼球？」

「博士が発明した作り物の目。あなたが知っているような義眼ではなくて、本当に見える力を持っている」

「……なるほど」

人ならぬ存在を父に持つ青年の思考は柔軟だ。

「だから、代わりに私の目をあげる」

リラは手を伸ばして、ライティングデスクからペーパーナイフを取り上げた。

「この目を、あなたの元に置いていく」

「馬鹿な真似はやめろ」

リラはペーパーナイフを左目に向けた。本気で自らの目を抉(えぐ)り取ろうとした手首を強い力で掴まれた。抗いをものともせずにナイフは奪われてしまう。

「……わかった」

ふうっとため息が落ちた。

「生きた人間の目など、どうやって預かれば良いんだ」

「何か方法があるんじゃないの？　あなたならやりそう」

「もういい、髪でも置いていけ」

あまり意味があるとも思えないが。

ぶつぶつ文句を言いながら、青年はリラの髪をひと房切った。代わりにチェーンに通した指輪と金の粒が入った小袋を渡してくれる。

「ずいぶん気前が良いのね。持ち逃げしようかしら」

冗談で口にした言葉だったが、青年はひどく真面目で静かな眼差しでリラを見た。

「君が幸せに生きていけるなら、それでいい」

「……では私も、もう一つ預けていくわ」

「何を？」

「私の本当の名前を」

「いや、それは……」

青年は口ごもった。

「何よ？」

「私はまだ心が決まらない。現時点では仮初の名のままの方が良いのでは？　私だけが君の真名（まな）を知るのは公平ではないと……」

「面倒くさい男ね」

軽い苛立ちにまかせてリラは青年の言葉を遮った。博士と暮らしていた時は一度として、こんな風に会話を打ち切ろうとしたことはない。博士が良き雇用主であり共に過ごす時間が穏やかなものだっただけに、それを壊すことがないようにと気を使っていたのかもしれない。

今、この馴染みない世界で唯一の味方とも言える青年に対して、どうしてこれほど気ままに振る舞うことができるのだろう。何が起ころうと構わないと思っているから？　彼が自分にとってどうでも良い存在だから？

それとも、彼に特別な何かを感じているから？

「指輪の担保に髪と名前を預けるのだから、そこで取引は終わりでしょう。あなたの名前は関係ないわ」

「そんなに軽々しく真名を渡してはいけない」

青年は生真面目に続けた。

「時としてそれは、相手に全てを明け渡すことに等しいのだから」

「そんなに大げさなこと？」

リラがいた世界では名前を秘する習慣はなかったし、拘りを持つ者も少なかった。自分の名前にしても「適当につけた」という母の言葉に傷つくこともなかった。

「もしかして、ここでのしきたりなの？　人に名前を聞く時に守るべき手順があるなら、気をつけないと」

「いや、そうではない。私個人の拘りだ」

「お父様が持っていた力に関係あること？」

「私には父のような力はないから、気持ちの問題に過ぎないが」

「だったら私には関係ないわね。私は本当の名前を教える。あなたは気が済むまでジェームズでいればいいわ」

まだ渋い顔をしている青年に悪戯心がわいて、リラはふわりと相手の肩に手を回した。形の良い耳に、そっと一つの名を吹き込む。

何の思い入れもなかった平凡な名が、少しだけ特別な意味を持ち輝き始めた夜だった。

＊＊＊＊＊＊

リラは踏み台をスチール製の棚の前に持って行った。棚の天板の一番奥、下から見上げただけでは死角になったその場所に、焼け落ちた店から持ち出すことができたわずかな品が置いてあった。丁寧に折りたたまれたタペストリー、緑の表紙のノート、そして水をたたえたガラスの器とそこにひそかに息づく物。

リラは慎重にガラスの器を抱えて踏み台から降りた。

「見て」

ガラスの器を青年の目前に置いて、リラは続けた。

「微かに動いている」

青年は目を細めた。白い根が髭（ひげ）のように伸びた様は水栽培の球根にしか見えない。緑の芽が少しだけ顔を出しているが、これはフェイクだ。球根のように見える部分こそがクローン眼球の本体となる。そこに一筋の切れ込みがあった。以前から極薄くあったものだが、心なしか切れ込みは深くなっているようだった。

眠る人の瞼のように、それが開かれる日は近づいている。

「この目はアンリの存在を感じているのだと思う。彼は近くにいる。もしかしたら、この世界、この国のどこかに」

長く暮らした英国を離れた青年が日本というこの国の、さくらのデパートの一角に店を構えたことは偶然ではなく、何かが引き寄せたのかもしれない。

「今こそ動くべきでしょう。危険でも、可能性が低くても、あの少年は奴らに繋がる確かな糸なの」

「彼は何も覚えていないようだし、恐らく初めから自分がどんな役割を果たすか気づいてはいなかっただろう。力を失ったということは奴らから切り捨てられたということだ。再び接触してくるとは思えないが」

「それでも、ようやく掴んだ糸よ。離すつもりはない」

リラは床に膝をついて、青年の目を見上げた。

「初めて会った雪の日に、なぜ私を助けたの？」

「父のしでかしたことの後始末を……」

「私に指輪を持たせて仕入れと称した旅に送り出したのはなぜ？　ただ腕の中に閉じ込めて守ってくれるためじゃないでしょう。私が私らしく生き、いつか望みを叶えることを、あなたが求めてくれたから、私たちは共に生きてきたのではないの？」

ただ呼吸をして、日々を安穏と過ごすのであれば、それはリラにとって生きながら死んでいるに等しい。

深いため息をついて、青年はスーツの内ポケットに手を差し入れた。取り出した銀の指輪をしばらく手の中で転がして、彼はようやく心を決めたようだった。静かにリラの左手を取る。指輪はリラの指には大きすぎるから、彼女はいつもチェーンに通して首に下げていた。

けれど今、青年は厳かな仕草でリラの薬指に指輪を滑り込ませた。大切な儀式のように、かけがえのない約束のように。

三章　嘆きのレース

ドヴォルザークの「新世界より」、もの悲しいメロディは下校の放送に良く似合う。放送委員の声が下校を促す中、楓は美術室の窓からグラウンドを見下ろしていた。全国大会に出場が決まったサッカー部が特別な許可を得て練習を続行している。

部員たちはとうに帰り、顧問の宮本先生も戸締りを楓に託して帰ってしまった。

約束の相手が訪れるまでの間、楓は彫刻刀やニードルが出しっぱなしになっていないか見て回り、火を扱うことは滅多にないがガスバーナーの元栓が閉まっていることも確かめた。シンナーや釉薬（ゆうやく）などは鍵付きのキャビネットに保管してあり、そちらは宮本先生が施錠して行ったから、楓はいよいよやることがなくなった。

「ごめん、遅くなった」

美術室にやって来たのは春樹だ。

昼休み、今日は部活は休むけれど、取りに行きたい物があるから部屋を閉めずに待っていて欲しいと頼まれたのだ。

「忘れ物？」

「あの絵を……」

「ああ」

一年生の時に春樹が描いた絵は七枚、そのうち大きな二点は美術室に保管されていた。彼が最初に周囲を唸らせた作品と、急に部活に出てこなくなって描きかけのまま置き去りにされた作品だ。

しばらくは無造作にあたりに置いてあったのだが、顧問の宮本先生が、春樹の意思を確かめずその絵をコンクールに出そうと言い出した時、楓が美術準備室の奥に隠したのだ。

「置いておいた筈の場所にありません。西条君が持って帰ったんじゃないですか？」

楓の言葉を宮本先生は疑わなかった。

部活動に復帰した春樹に対しては腫れ物に触るようだったから、宮本先生がその絵の話を持ち出すことはなかった。

「ここなら、ほとんど誰も手をつけないから」

楓は卒業生が置いて行った作品を纏めて置いてある一隅に春樹を案内した。十数枚のキャンバスにかけてあった大きな布を外すと盛大な埃が舞った。サイズ順に並べられたキャンバスから楓はすぐ目当ての物を見つけ出した。

「これだね」

丁寧に引き出した絵を差し出すと、春樹はどこか恐れるように受け取った。

「これを僕が描いたなんて信じられない」

ぽつりと春樹はつぶやいた。

「描ける筈がない。こんな絵」

まるきり別人の手による絵だ。単純に技術の問題ではなくて、ものの見方、感じ方。この絵を描いていた時、春樹は彼自身ではなかった。そのことを、楓だけでなく春樹自身も認めているのだった。

「リムーバー、ある？」

キャンバスを床に置いて春樹が聞いた。

「うん」

リムーバーは、強力ホチキスとも言えるガンタッカーで貼ったキャンバスを木枠から外すための道具だ。楓が棚から取ってきた物を手渡すと、春樹は黙々とステープルを外し始めた。

「……どうするの？　その絵」

楓はしばらく彼のすることを見ていたが、沈黙に耐えかねて聞いた。

保管という点から考えればキャンバスを木枠から外さずにおいた方が良い。五十号サイズだから持ち運ぶには多少かさばるが、クローゼットにしまうことも可能だ。木枠から外したキャンバスはクタクタした布地だから平置きするならかえって場所を取るし、丸めて置いておけば絵の具にひび割れが生じることもある。

春樹はその絵を処分するつもりなのだろうか？　楓はかつて、ある画家が気に入らない絵はキャンバスを切り刻んで捨てると語っていたことを思い出した。

「どうしようか」

手を止めた春樹は、ぼんやりと答えた。

「自分が描いた記憶はないし、描きたいと思うような絵でもない。だけど……」

「だけど？」

「どこかで、やっぱり自分の絵のような気もする」

春樹は再びステープルを外し始めた。

「とりあえず持って帰って、それから考える。捨てるのはいつでもできるし」

「そうだね」

木枠から外したキャンバスを、春樹は無造作に丸め始めた。それでも絵が描かれた方を外側に巻いている。絵を傷めないためにだ。

楓は部室の奥からプラスチックのケースを取ってきた。

「これ、使って」

「ありがとう」

春樹は素直にケースを受け取ると、丸めたキャンバスをそこに収めた。

「遅くまで悪かったね。帰ろう」

「ねえ、あの店に行ってみない?」

「あの店って、さくらのデパートの? 眼球堂っていうあの店?」

「うん。ストラップが出来たって連絡をもらっていたの」

楓は蜻蛉玉を買って、それをストラップに加工するよう頼んでいた。細工が終わったと留守番電話にメッセージが残っていたのだ。

「部活がない日に行こうと思っていたんだけど、今日これから行かない?」

「別に良いけど」

「あの人、妖精の瞳って言っていたでしょう? 普通の人に見えない世界が見える人は妖精の瞳を持っているって」

「うん」

「西条君は、その瞳を持っているのかもしれない」

「手は追いつかないけれど」

春樹が、その絵を完全に自分の物ではないと切り捨てないのは、そのせいだ。彼はきっと、そこに描かれた世界を見たことがある。それをキャンバスの上に再現する技術も、あるいは気持ちも持たなかったから、描いてはこなかっただけで。

一時的に表現する技術が宿ることはあるのだろうか？　少なくとも、楓は春樹がこの絵を描くところを見ていたのだから。

「あの人に聞いたら、何かわかるような気がする。それに、あの人は西条君のことを知っているような気がするんだ」

「会ったことがあるのかな。忘れてしまっただけで」

春樹は鞄(かばん)を肩にかけ、プラスチックケースを手にした。

「行ってみようか」


さくらのデパートの六階フロアで、楓はリラに渡されたショップカードと携帯電話を取り出した。店は不定休だから訪れる前に電話を入れるよう言われていたのだ。

数度のコールの後で電話に出たのはリラではなかった。あの日、楓たちの来訪に対して渋い顔をしていた店主だ。気後れする楓に、感情の見えない声が淡々と迎えに行くからそこで待つように告げた。てっきり来店を断られると思ったのに、待つほどもなく男は現れた。

先に立って歩く眼球堂の店主に導かれ、楓と春樹はその店を再び訪れた。

「今日は、リラさんは？」

「仕入れで留守にしている」

「……そうですか」

ストラップを受け取ったらすぐに帰ろうと、楓は心の中でうなずいた。前回店を訪れた時の様子から、店主が楓たちを歓迎するとは思えなかったし、店自体が子どもを相手にしているようではなかった。蜻蛉玉は楓の小遣いで買うことができたけれど、骨董品というだけあって他の品々にはそれなりの値段がついていたのだ。

「注文の品は、これだ。確認を」

店主は銀色の細長い箱を楓に渡した。蓋を開けると、楓が買った蜻蛉玉がストラップに細工されていた。包装を断って箱を鞄にしまいながら楓はさほど広くない店を見回した。一週間ほどしかたっていないのに、前に訪れた時とは雰囲気が変わっている。

床に趣味の良いラグが敷かれ、味気ないスチール製のテーブルの代わりに、アンティークな木製のテーブルが二つ。ガラスの扉のついたキャビネットも以前にはなかったものだ。

壁際のスチール棚はそのままだったが、向かい合って置かれた二つの棚の間、奥の壁に一葉のタペストリーがかかっていた。

「何か気になる物でも？」

「いいえ」

楓は首を振った。ずいぶんお店らしくなっていて驚いたと言うのは、失礼にあたるかもしれない。だが楓が呑み込んだ言葉を店主はあっさり口にした。

「多少はまともな骨董屋に見えるか？」

「すみません」

眼球堂の店主は微かに笑った。そうすると、意外なほど空気が和らいだ。彼はさらに言い出した。

「せっかく来たんだ。面白い品を見せよう」

キャビネットのガラスの扉を開くと、店主はそこから薄いケースを取り出した。そっとテーブルに運ばれたのは、紫色の絹が張られたトレイだ。トレイには飴色のレースが載せられていた。息を呑むほど細かな模様で、ほとんど知識がない楓にもそれが手編みのアンティークレースだとわかった。

店主がルーペを渡してくれたので、楓は見るからに高価そうなレースに触れないよう気をつけながらレンズを覗き込んだ。肩が触れそうなほど寄り添った春樹もレースを見つめる。レンズで拡大しても、模様は複雑すぎてモチーフは判明しなかった。

春樹にルーペを渡そうとして、楓は首を傾げた。彼の表情は硬かった。

「西条君？」

「これは、良くない物だ」

春樹は断定した。

「ちょっと……」

なんで春樹は、この店に来ると失礼なことを躊躇いなく口にするのか。楓は冷や汗をかいたが、店主は面白そうに聞いた。

「リラが言う通り、変わった少年だ。レースに編み込まれているものが君には見えるか？」

「目ですね」

春樹は迷わず答えた。

「え？」

ルーペを使っていた楓にはわからなかったのに？　楓はもう一度ルーペを覗き込んだ。今度は春樹が言う「目」のモチーフを探すが、まったくそれらしきものは見えない。

ふいに、首筋を冷たい物に撫でられて、楓は身を竦めた。濡れた冷たい物が絡みつき、息が苦しくなる。

「う……」

思わず小さな呻き声をあげた瞬間、ふわりと呼吸が楽になった。店主がレースの載ったトレイを手元に引き寄せたのと、春樹がテーブルと楓の間に身を乗り出したのと同時だった。

「何するんですか？」

春樹の鋭い声は眼球堂の店主に向けられたものだ。

「失礼。少しばかり試させてもらった」

店主は飴色のレースに指を滑らせた。毛を逆立てた猫を宥めるような仕草だ。

「君の言う通り、これは危険な品だ」

＊＊＊＊＊＊

四月の雨が石畳を濡らしている。昼を過ぎたばかりだと言うのに気温は下がり、時おり馬車が通り過ぎるほか、道行く人の姿はなかった。

青年は冷たいガラス窓から離れ、店内を見回した。温かで静かな時が流れている。美しく、価値ある物が集められた己の店にはおおむね満足していたが、まだ何かが足りないとも感じていた。

先日も古くからの客に言われたばかりだ。

「とりあえず、お父上の店で店番をしているような感じではなくなったな」

「……ありがとうございます」

「悪くない店だが、まだ君の店ではない」

「そうですね」

今はまだ及第点の店。この町に幾らでもある骨董屋の一軒に過ぎない。青年ならではの店にはなっていないのだ。思いつきが形になるまでには、まだ少し時間がかかる。

「少しずつ君らしい色は出ているようだが」

アーサー卿は面白そうに笑った。

「お気づきになられましたか？」

「眼球だね」

店の品を眼球に関する物で揃える。アイデアのきっかけとなったのはアーサー卿が興味を持った古書のコレクションだった。

ゆくゆくは店の品物全てを眼球と関係ある物に揃えたいが、今はまだ三割程度だ。「眼球堂」という名を考えはしたが、リラとも話し合いそれを掲げるのはもう少し品が揃ってからにする予定だ。

「私は面白いと思うが、客を選ぶ店となるな。美しさと奇抜さと、どのあたりにバランスを置くか。難しいところだ」

　確かに、可愛（かわい）らしい物を求める女性客には不評だった。店名は父が営んでいた頃と同じ「ジムの店」のままだから、その頃から置いてあるティーセットや指貫（ゆびぬき）、リボンやボタン、陶器の人形といった品を求めにやってきた淑女は、飴色に艶（つや）の出た眼球模型に悲鳴をあげて逃げて行った。

「まあ、あの目利きの仕入れ人がついていれば心配ないだろう。今日は彼女は？」

「アーサー卿がいらっしゃると言ったのですが、出かけてしまって。気まぐれで困ります」

「猫は自由なものだ」

　ぽんと青年の肩を叩いてアーサー卿は出て行った。


　書物愛好家として知られるアーサー卿は大変な猫好きとしても有名で、屋敷には七匹の猫がいると聞く。そのアーサー卿がお気に入りなのが、青年の店にいる一人の少女だ。

　確かに彼女は猫のようだと青年は思った。店の裏路地で拾った少女のことだ。雪まみれで倒れていた時は傷を負って痩せこけて、飢えて死ぬ直前の野良猫のようだった。警戒心も相当なもので、一応は命の恩人にあたる青年に向ける目は敵意と疑いに満ちていた。

これまでの経験から、彼女が「違う場所」から来たことは、すぐにわかった。どこがどう、と具体的に数え上げることは難しいが、異質なのだ。少女が目覚めれば、それは明らかだった。互いに扱う言語は明らかに違うのに、意思の疎通に困難はなかった。

ウイローというのが、名を名乗ることを拒む少女につけた仮初の呼び名だ。こちらは父のと名であるジムを名乗ったが、それは彼女のお気に召さなかったらしい。では、ジェームズでという提案にうなずいたものの、結局その名を呼ばれることもなかった。

それで支障も感じなかったのは、ほんの数日の付き合いだと思っていたからだ。

それまでも父が作った歪みのせいで時空を超えてしまった者はいたのだが、二日から十日ほどで姿を消していた。短い時はほんの数時間で。

目の前を通り過ぎていくものだと思えば、少女が露にする敵意や疑いは、気にかかるものではなかった。迎え入れたばかりで懐かない愛玩物か、美しく珍しい鑑賞物か。青年にとって少女はそうした存在に過ぎなかったのだ。

どうしたことだか滞在が十日を過ぎ、ひと月を過ぎ、季節が改まっても、少女が姿を消すことはなかった。今ではすっかり定住猫だ。それもたいそう美しい。

傷が癒え、華奢という言葉で何とか収まる程度に体重も戻り、栄養状態が改善した肌や髪は艶を取り戻し、何よりも再び生命力を取り戻した彼女の瞳が青年を魅了した。

ただ美しいだけでなく、知性と意思に満ちた瞳は、この時代この町の女性にはついぞ見られないものだった。

当初は極めて優秀なメイドであった少女の立場が、店の共同経営者になるまでいくらもかからなかった。彼女は優美で賢く、上手に青年を支配する。したたかで、時に我侭(わがまま)、時に可愛らしく、まさに猫そのものだ。

「私は犬の方が断然好きだったのだが」

「何か？」

ルーペから目をあげたリラに、何でもないと首を振ってみせる。

「それより、何かわかったか？」

リラが検分している物は仕入れたばかりのレースだ。彼女が買い求めた物ではなく、店を訪れた老人が買い取りを希望した物だった。

降り出した雨に追われるように店に入ってきたのは、貧相な老人だった。妙におどおどして、落ち着きがない。店内を一通り見て回った老人は思い切ったように切り出した。

「買い取って欲しい物があるのだが」

青年の返事も待たず、スミスと名乗った老人は古いトランクを開けた。彼がトランクから取り出してテーブルに置いたのは絹で作られた小さな袋だった。かなり古い物のようで、全体にくたびれリボンは色あせている。

スミス老人は深呼吸ともため息ともつかないものをもらしてから、袋を開けてそろそろと中身を取り出した。

「ほう……」

青年は身を乗り出した。スミス老人が売りたいと言う物はレースのリボンだった。飴色に変色しているが手の込んだ品だと一目でわかった。

装飾品には強くないので、どれほどの価値のあるものかわからなかったが、店には父が仕入れたレースが幾つか残っており、それと同程度の値段をつければ売れることは間違いない。そこから仕入れ値を割り出そうと考えていると、涼やかな声が割り込んだ。

「これは、どちらで手に入れたものですか？」

「我が家に伝わるもので……」

リラの言葉にスミス老人は口ごもった。青年は老人が持つトランクに目をやった。古びているが品は良い。彼は貴族の館で働いていたのかもしれない。暇を出され、餞別（せんべつ）代わりに幾つかの品を与えられたか、あるいは盗んできたか。

盗品であるならば、手を出さない方が良い。

「良い品だと思いますが、当店では……」

やんわりと断りの言葉を口にしかけた時、リラが言った。

「これは危険な品です」

スミス老人が息を呑む。彼の見せた反応は青年にとって意外なものだった。品物に難癖をつけられたことへの怒り、後ろ暗さを指摘された動揺ならば理解できる。だが老人は安堵していた。リラの指摘にむしろ救われたように老人は答えた。

「はい。持ち主を不幸にするとの曰くがございます」

「そういった品であれば、相応しい店を紹介しますよ」

青年は言った。オカルト趣味の店に心当たりがある。そこならばこのレースを喜んで引き取ってくれるだろう。

「それにはおよびません」

今回はご縁がなかったということです。口の中でつぶやきながらスミス老人がリボンをしまおうとした時、リラがすっとその手を押さえた。

「このお品、一晩お預かりして良いですか？」

「お願いいたします」

スミス老人は静かに頭を下げた。

「炎ならば止められます。必要とあれば、焼き払っても構いません」


預かり証を手にスミス老人が出て行くと、リラは丹念にリボンをテーブルに伸ばしルーペで調べ始めたのだ。

「何か変わったことは？」

「特に何も……」

リラは首を振った。

「でも、何かぞっとするようなものを感じる。触れると冷たくて痺れるような。あの人が店に入ってきた瞬間からよ」

「私は何も感じないが」

「繊細さが必要なことはあなたに期待していないけれど」

リラはさらりと失礼なことを口にした。

「あの人も、感じていないみたいだったわね」

「曰くある品だと言っていたぞ」

「そういう物であると知っているというだけよ。感じているわけではない。手離したがっているけれど、相手は誰でも良いわけでもない」

「そんな得体のしれない物を気安く預かるな」

リラは青年の小言を無視してリボンを手の中で滑らせた。

「ポワン・ア・ラ・ローズに見えるけれど……」

青年が覗き込むと、リボンのモチーフは極小さな薔薇のようだった。だがリラは納得がいかないらしく首を捻っている。

「一晩預かって、どうするつもりだ？」

「確かめたいことがあって」

リラはリボンを絹の袋には戻さなかった。紫檀のテーブルに置かれた飴色のレースに目を落としたまま、彼女はつぶやいた。

「夜の帳が下りれば姿を現すかもしれない」


ガタン。

階下から響いた物音に、眠れぬまま横になっていた青年は飛び起きた。何が起こるかわからない夜だった。寝間着に着替えることもなく靴を履いたままだったのが幸いだ。

階段を駆け下り店に飛び込む。月明かりだけが差し込む薄闇の中で、床に倒れた少女の姿が目に飛び込んでくる。

「リラ!」

物音は青年がいつも使っている椅子が倒れた音だった。

リラの首にはレースのリボンが巻き付いていた。白い指が必死にそれを引きはがそうとするが、リボンは意思を持った生き物、蛇のような残忍さでシュルシュルとリラの指を逃れ、その首をさらに絞め上げていく。

青年はリラの体を抱き起こすと、リボンに手をかけた。瞬間、ぞっとする。リボンは冷たく、ぐっしょりと濡れていた。リボンをむしり取ろうとするが力を入れると、リラの首をさらに絞め上げてしまうようで思い切ることができない。リボンはぬるぬると、青年の手から逃れてしまうのだ。

その時、スミス老人の言葉が耳に蘇った。

炎ならば止められる。

青年は上着のポケットからオイルライターを取り出した。正しくはこの時代にないものだが、硫黄マッチはあまりに不便で、父がどこからか調達してきた物を使っているのだ。

ぼっと、青い小さな火が灯る。白い蛇はぎくりと身をこわばらせた。力の抜けた蛇を床に投げ捨て、テーブルから咄嗟に取り上げたブロンズ製の眼球を叩きつける。はみ出した尻尾が最後の抵抗をして……


「大丈夫か？」

青年は喉を押さえてせき込むリラを支えて、椅子に座らせた。呼吸が落ち着くまでしばらく見守って大丈夫そうだと確認してから、熱い紅茶を入れた。

ランプの炎を最大にし暖炉にも火を起こせば、闇は押しやられ、幻想は姿を消していく。

青年は警戒しながらジリジリと、ブロンズの眼球を持ち上げてみた。下から現れたリボンは微塵も動かない。

「まったく、あの男、とんでもない物を持ち込んできたな」

白い手が青年の腕を押さえた。

「待って」

「リラ？」

「これを燃やしてはいけない」

リラはリボンをそっと手に取った。危険だと諌めようとした青年は、彼女の眼差しに言葉を呑み込んだ。

「瞳だわ」

リラは指先でモチーフの一つをなぞった。薔薇の蕾に見える部分だ。

「よく見て。これは人の目よ」

青年は目を凝らした。言われれば、そう見えないこともない。

「だが、レースのモチーフに人の目とはいささか奇異ではないか？」

薔薇に代表される花と植物、鳥。淑女の身を飾るに相応しく、好まれるモチーフは美しく繊細なものが主だ。

「そうね」

リラはうなずいた。

「とても奇異だわ。これだけの作品を作るには、熟練工が数ヶ月から一年、いえもっとかかりきりになる必要があったでしょう。依頼主は誰かしら？　ニードルポイントレースは糸の宝石と呼ばれるほど高価なもの。あえて、目を選んだのには理由がある筈よ。理由というよりももっと重い念のようなものが」

「憑いているというわけだ。やはり燃やした方が」

「あの老人は、なぜこのレースをうちに持ち込んできたのかしら」

呪われたレースと知って、厄介払いをしたかった？　大金をせしめるつもりだった？　それとも。

「人の目だから、か？」

「ええ。彼はレースのモチーフが目であることを知っていて、うちに持ち込んだの。呪われた、曰くつきのレースだとしても、編み込まれたものが目でなければ、あの人は他に行った筈よ。この品に込められた想いを、あの人は私たちに伝えたいの」

「ならば、最初からそう言えば良い」

青年は、老人の含みのある口調を思い出した。持ち主を不幸にする曰くあるレースだと言いながら、彼は一つの事例すら語らなかった。青年の判断で焼き払っても良いとまで言いながら。

「彼は、私たちを試したの。語るに値する相手であるかどうか」

「眼球を見出せるかどうかが、判断基準というわけか」

翌日、再び店を訪れたスミス老人から、青年とリラはレースに秘められた物語を聞いた。

「このレースを編んだのはマーリアという名の娘です。私の曾祖母の末の妹にあたると聞きました。六歳の頃には大人もかなわないほどの腕前の持ち主で、九歳の時に乞われて、とある貴族の館に奉公に上がりました。村にいる時とは比べ物にならない綺麗な服を着せてもらって、お腹いっぱい食べさせてもらって。でも結局は奴隷のような籠の鳥。奥様やお嬢様がたの要望に応えるために朝から夜までレースを編み続け……十一歳で亡くなりました」

「体を壊して？」

「初めは目を。屋敷ではマーリアの他にも各地から集められた子どもたちが多い時で十数人働いていたと聞きますが、多くの娘が目を患（わずら）いました。明かりの十分でない作業場で極細の糸を使っての長時間労働ですからね。だんだんと見えなくなっていく中でも、マーリアは必死に編み続けました。役立たずと見なされた娘たちが、いつの間にか姿を消していくことを彼女は知っていたからです」

故郷の村から買われるように貴族の館に連れてこられた娘たちは、レースを編む手を止めた時、村に帰されたわけではない。牡蠣（かき）の殻剥き場や炭坑、缶詰工場、売春宿。もっと過酷な場所に送り込まれたのだ。

「マーリアは天性の才能を持っていたから、視力がかなり衰えても質の高いレースを編み続けることができました。作業場の監督者の目をごまかし、彼女は生き延びようとしたのです。けれど、ついに力尽き、肺炎を起こして亡くなりました。このリボンはマーリアが最後に編んでいたものです。御覧のように同じモチーフが繰り返されていますから、最後はもうほとんど見えない状態で編んだのでしょうね」

リラが痛ましげに目を伏せる。彼女もまた、エプスタイン博士という良き雇用主に出会うことがなかったらマーリアのように命を落としていたかもしれない。

「マーリアの不幸など何一つなかったかのように、リボンはお嬢様に納められました。お嬢様のペチコートの裾に縫い付けられる筈だったのです。ですがその夜、お嬢様は急逝しました。首には何かで絞められたような痕があり、強盗事件とされました」

リラはそっと首筋に触れた。そこに薄く赤い痕が残っている。

「リボンはその後、幾人かの手に渡りましたが、その持ち主の多くに不幸をもたらしました。命を落とした者もおります。命を落とさずに済んだ者もいましたが、その者たちは幼い少女の霊を見たと言いました。このリボンにマーリアが憑いているのは間違いないことのように思われました。曾祖母はレースを引き取り、マーリアを慰めようと様々な手を尽くしましたが、かなわぬまま八十七歳で亡くなりました。その後、このレースは長くしまいこまれていたのです。マーリアの悲劇を語り継ぐ者もいなくなり、私ももうすぐ死ぬでしょう」

スミス老人は悲しい吐息をついた。

「マーリアの気持ちも時が風化してくれたのではないかと淡い期待を抱いたのですが、どうやらそうではなかった。憐れな子どもがこれ以上、誰かを害することがあってはならない。やはり、これは燃やすべきなのかもしれません」

売却は諦めるとレースを箱にしまおうとする老人をリラが止めた。

「この品は私どもで買い取らせていただきます」

青年はわずかに眉を寄せたが、リラを止めることはなかった。仕入れに関しては彼女の裁量に任せるとの言葉を違える気はなかった。

アンティークレースとしては妥当な値段で取引は成立した。

「いったいそれをどうするつもりだ？」

老人が店を後にすると、初めて青年は聞いた。

「燃やしてもマーリアの呪いが解けるとは思えなかった。かえって悪いことが起こりそうな気がして」

「うちで引き取る必要はなかっただろう」

「しばらく、うちで預かっておきましょう。迂闊（うかつ）な相手に売ることはできないから奥に保管することにして」

持ち主に不幸をもたらす可能性があるレースだ。ただ美しさに魅せられた者の手に渡すことはできない。

「あなた、こういうの平気そうだし」

リラの言葉に青年は苦笑した。

「骨董品の売買が難しいのは、こういうところね。このレースは尊い物語を持っているかもしれないけれど、売るとなれば客を選ぶわ。いくら大金を積まれても、私はこれを人体愛好家やオカルトマニアに渡すつもりはない」

「物語との価値と商売上の価値は違う。商品に思い入れが過ぎると、経営は成り立たない」

「儲(もう)けようなんて思っていないくせに」

リラは青年を鼻で笑って、優しくレースを箱に収めた。

「そうだな」

確かに経営のことなど何も考えていなかった。好きな物を並べ居心地の良い書斎を作りたかっただけだ。

アーサー卿からヒントを得て店のテーマに眼球を選んだ。その後で、リラから彼女が守ろうとしているものが作り物の眼球であると聞かされた時は、背筋がぞっとした。何という偶然だろう。

引き合うようなそれを運命と呼ぶのが恐ろしくて「眼球堂」の看板を掲げることに二の足を踏んでいた。

「だが、覚悟は決まった」

「覚悟？」

「今日から、眼球堂の看板を掲げよう」

＊＊＊＊＊＊

眼球堂の店主が語り終えると、楓は再びテーブルに置かれたレースを見つめた。

今では楓の目にも、編み込まれたモチーフが目であることがはっきりとわかった。さっきまでは薔薇の蕾にしか見えていなかったのに。春樹や店主は、はじめからこの「目」を見ていたのだ。

「父が良く言っていた。骨董品が、それを必要とする者の手に渡ることは無上の喜びだと。店を引き継いでからも私はずっと、その言葉の意味がわからなかった。ああ、そういうことかと理解できたのは、ほんの最近で、皮肉なことにそのすぐ後に店を失うことになった」

「火事だったと聞きました」

「そうだ。多くの物を失った」

「このレースは？」

「店に出していなかったから無事だった」

眼球堂の店主はレースを収めたケースを手に立ち上がった。キャビネットにケースをしまうと、静かにガラスの扉を閉める。


戻ってきた店主が春樹に聞いた。

「君は？　何か気になることでもあるのか？」

春樹が見ているのは奥の壁に掛けられたタペストリーだ。

「いえ」

「……あれ？」

楓はそのタペストリーをどこかで見たことがあるような気がした。

「西条君が描いていた絵に似てる」

楓は何かに引き寄せられるようにタペストリーに近づいた。油絵のように見えるそれは絹糸、金糸、銀糸を使い織り上げられている。左下の一部分に焼け焦げた跡があった。

葡萄(ぶどう)をモチーフにしたその構図は、春樹が最後に描いた絵に似ていた。

「彼の絵？」

店主の口調が、ふいに熱を帯びた。

春樹は無言のまま絵を収めていたケースの蓋を開けた。丸めたキャンバスを引き出して、テーブルに広げる。一枚は顧問の宮本先生が絶賛した終末の世界を描いた絵で、もう一枚は未完成の絵だ。

春樹が食い入るように見つめているのは、未完成の絵の方だった。楓と眼球堂の店主も並んだ絵を覗き込む。

「これって……」

楓は息を呑んだ。春樹が描いた油絵は、壁のタペストリーとそっくりだった。

「どうして、こんなに似ているの？」

「君は、どこかでこのタペストリーを見たことがあるのか？」

「覚えていないんです」

「覚えていない？」

「この絵を描いたのは、確かに僕です。小山や他の部員たちも僕がこれを描くところを見ていたし。でも僕にはその頃の記憶がなくて」

春樹は苦し気に言葉を切った。

「平気？」

気分が悪くなったのか？

春樹は首を横に振ってみせた。それ以上、自分から説明する気はないようだが、楓が話す分にはかまわないと目で告げられ、楓は眼球堂の店主に向き直った。

「そう言えば、あの時」

眼球堂の店主に話しているうちに思い出したことがある。

「西条君は、何か画集を見ながらこの絵を描いていました。画集に載っていた写真を模写しているんだって」

「……エディス・グレイ」

ぽつりと春樹がつぶやいた。

「妖精の瞳を持つと言われた、幻の画家だ」

「その画集、今も持っているの？　私もちゃんと見てみたい」

「いや」

春樹は首を振った。

「あれは僕の物じゃなかった」

「図書館で借りたとか、部室にあったとか、宮本先生の物だったとか？」

「そうじゃない。誰かが僕に画集を渡して、あの絵を描けと言った」

「誰かって？」

「なんだろう、思い出せそうで思い出せない」

痛みをこらえるように眉をひそめる春樹の姿に、楓はそれ以上何も言えなくなった。

「だから、それは無理だって。うちもキャパオーバーなんだよ」

部長の西野（にしの）が悲鳴をあげた。

「そこを、なんとか」

拝み倒しているのは演劇部の部長だ。西野のクラスメイトでもある彼は、学園祭の舞台に使う背景を描いて欲しいと頼みに来たのだ。

秋の学園祭が近づくと、美術部にとって一年で一番忙しい時期がやって来る。部室で展示をする他、ポスターやチラシのデザインを請け負ったり、パンフレットの表紙を作ったり、普段はどちらかと言えば地味で存在を忘れられがちな美術部が、あちこちから声をかけられ、嬉しい悲鳴をあげることになる。

「知っているだろ？　うち今は部員が少なくて、そうそう動けないんだよ。一年生は展示会に出す自分の作品で精一杯で」

美術室を会場に開かれる展示会は、部にとってもちろんメインの活動だ。人数が少ない為、一人あたり三点を展示することになっていて、春に入部した一年生にとっては作品を揃えるだけで手一杯なのだ。

「俺は正門アーチ制作有志のリーダーやらされて、小暮は商店街に貼らせてもらうポスター担当、畑中は天文部の展示の手伝いだろ」

西野が美術部が引き受けた仕事を数え上げていくと、演劇部長はすがるような目で楓を見た。

「小山さんは？」

「ごめん。文芸部の部誌担当。いつもは表紙だけなのに、今回は挿絵に、全体のレイアウトまで部長が引き受けちゃって、大変」

楓が横目で睨むと、西野は首を竦めた。人の好い西野は文芸部の気が強い部長に押し切られ、例年になく面倒な仕事まで引き受けてきたのだ。

演劇部に力を貸したい気持ちはあれど、現実問題としてこれ以上の人手は割けない。

絶対に引き受けないでくださいよ。

言葉に出さない想いを込めて、楓はじっと西野を見た。彼女が言おうとしたことは、ちゃんと伝わったと見えて、西野はうーむと唸りだした。

「西野、頼むよ」

演劇部長は両手を合わせた。どこまでが演技かわからないが、今にも泣きだしそうだ。ただでは帰って来るなと言われているのだろう。

「えーと、あ、そうだ。西条は少し余裕あるかも。あいつ自分の絵は出さないし、美術部の展示レイアウトはほぼ固めてあったから」

「西条かあ」

演劇部長は天を仰いだ。嫌だけど、他に誰も借りられないなら仕方ない。流石(さすが)に口に出すことはなかったが、はっきりと顔にそう書いてある。

胸がざわりとして、楓は立ち上がった。

「私、ちょっと準備室で探し物があるので」


楓は美術準備室の棚から数冊のファイルを取り出した。

半分は、その場を逃げ出す口実だったが、探し物があるというのは本当だった。

楓が机に運んだのは文芸部の部誌だ。人数は決して多くないが熱心に活動している文芸部では数ヶ月に一度、作品をまとめた冊子を発行している。そのほとんどは、校内にある複合機で印刷しホチキスで製本した簡易な物だが、年に一度、学園祭で発行する冊子は印刷製本もらっている。

を外部に頼んだ立派な物だ。学園祭で頒布(はんぷ)されるだけでなく、市内の書店の幾つかに置いて

その表紙を美術部が担当することは学園創立以来の伝統だった。美術部としても、多くの人の目に触れる機会があるこのコラボには力を入れている。

部員が合作する年もあれば、部内のコンペで個人の作品が選ばれる年もある。今年の表紙に使う絵はもう決まっていて、今はデザインを考えているところだ。今年の部誌のテーマである「雪と幻想」に相応しいレイアウト、過去の表紙と雰囲気がかぶらないように、楓は丁寧にバックナンバーに目を通していった。

一年前の部誌を手にした時、楓はふっとため息をついた。去年は部員皆で描いたコラージュが表紙を飾ったのだった。手に取ってくれた人たちからの評判は上々だったが、部員たちは誰も手放しで喜ぶことはできなかった。表紙を決めるまでにトラブルがあり、それは今なおしこりとなっている。

部内のコンペで最後まで争った二枚のうち、一枚は一年生だった春樹が描いたものだった。絵として優れているのは彼の作品だった。残酷なまでに圧倒的な差だった。けれど投票の結果、多数票を獲得したのは当時の二年生が描いた絵だった。春樹の絵は部誌の表紙にするには癖(くせ)が強すぎたし、彼の振る舞いに反感を持つ部員が少なくなかったのだ。

ところが春樹は勝手に自身の作品をデータ化して印刷所に送り付けてしまい、騒ぎが大きくなった。最終的には二枚の絵はどちらも採用を見送られ、部員皆で描いたコラージュが表紙を飾った。

苦い思い出と共に部誌を押しやった時、カタリと準備室入口のドアが開いた。

「お邪魔してもかまわない?」

そこに、意外な人が立っていた。

「リラさん? どうして……」

「出張買取に来たのだけど、聞いていない?」

「そう言えば……」

顧問の宮本先生は、このところ美術準備室の片付けに励んでいる。もともとデッサン用の胸像や画材、卒業生の置いて行ったキャンバスで手狭なところに、国内外の美術館巡りが生きがいという先生が、あちこちから買い入れて来た絵画や彫刻、謎のオブジェを、どんどん運び込んでいたのだ。

来春で定年退職という宮本先生は、私物のうち自宅に引き上げられない物については、業者に纏めて査定してもらい不要な物は廃棄するつもりだと確かに言っていた。

「宮本先生、ちょっと席を外しているんですけど」

「鍵は預かっているわ。所用があるから先に見ていてくれと」

リラが鞄から取り出したのは、準備室の中でも貴重品をしまってあるキャビネットの鍵だ。

埃除けのエプロンを身に着けるリラを見て、楓もスモッグを手に取った。

「手伝います」

「ありがとう」

「でも、眼球堂に置くような物があるかどうか」

「エッシャーの『眼』の原版かもしれない物があると聞いて」

「え？　それって、凄くないですか？」

『眼』は、エッシャーの代表作の一つでもある、有名な作品だ。

極めて緻密な彫りによる銅板画で、最終版に至る前、七回もの試し刷りがされたというが、
楓はこれまでその原版を見たことはなかった。

「本物ならミュージアムピースですよね」

「宮本先生の記憶も曖昧で、一昨年着任した時に見たような気がするという程度のお話だから、それほど期待はしていないけれど」

「んー、期待できませんね」

宮本先生の専門は日本画と聞いたことがある。授業ではもちろん美術全般を教えているが、

西洋絵画、それも版画となると、畑違いだ。それに、先生が蚤（のみ）の市で買ってきたという品々を眺めていると、鑑定眼にはあまり期待できそうにない。

「これ、なんですか？　ウサギ？　カエル？」

奇妙な動物型のペーパーウェイトを手に、楓は首を捻った。

「こういう小物は人気があるから、うちの店には置かなくても、同業者に声をかけたり骨董市に出せば、纏（まと）めてさばけるわ。先生のセンスは良い線いっているわよ」

リラの指示に従って、棚から取り出した物をテーブルに並べ埃を払っていく。リラはテーブルの品に目を走らせて、時には手に取り、ノートにさらさらと何ごとか書きつけていくが、かなりのスピードだった。

作業を始めた時には一日ではとても終わらないと思った山が、見る見る切り崩されていく。リラはほとんど迷うことなく、淀（よど）みなく査定をしていった。宮本先生が買い集めた品々はガラクタということもなく、それなりに値段がつくのかもしれないけれど、リラの心を捉えるものではないのだ。淡々と作業は進んでいく。

「それを良く見せて」

緑の瞳がふいに熱を帯びたのは、どちらからともなく一息入れようと言い出した時だった。楓が棚から取り出したのは老舗和菓子店の丈夫な紙箱で、中から木を輪切りにした版木が出てきたのだ。

美術の授業でやるような板目木版ではなく、より硬質で繊細な彫りが可能な木口木版だ。表面にはインクが残っており、人の眼が彫られていることがわかった。

宮本先生が言っていた版木は、これのことで間違いない。けれど……

「ああ、これは……」

「違いますよね」

「『眼』は銅版画、メゾチントだったものね」

版木の材質は恐らく柘植だろう。楓の掌ほどの大きさの楕円形をしている。

「宮本先生の記憶もあてになりませんね」

「でも、良く彫れている」

世紀の大発見は夢と消えたが、その版木は十分にリラを魅了したようだ。

「宮本先生でなければ、前の美術の先生の物でしょうか」

「誰だかはわからないけれど、ここにいた人が彫ったみたいね。美術教師か、もしかしたら生徒だったかも」

版木を保管していた箱からは、スケッチや、参考にしたと思われる複製原画、海外の美術館の入館チケットが出てきた。これを彫った誰かは、エッシャーの『眼』を模倣したのだ。

「エッシャーの作品は著作権に厳しいって聞いたことがあります」

「そうね」

眼球堂で売ることはできないのではないか。楓の言葉にリラはうなずいた。

「しばらく寝かせておいて、売るにしてもここではないどこかでになるわね。でも、これ、かなりオリジナルみたいよ。刷ってみないとはっきりわからないけれど」

リラに言われて、楓も版木に目を凝らした。

「刷ってみましょうか？」

「ここでできるの？　今？」

「木版ですから」

紙やインクを吟味し微修正を繰り返した上での本刷りは無理だが、版面を確認する程度の試し刷りならできる。楓は版木を手にして別の作業台に移った。

油性インクをローラーにつけて、クロッキー帳に試し刷りする。

「こうして見るとだいぶ違うわね」

リラは刷り上がった『眼』と、エッシャーの複製原画を並べてみた。

「不思議な絵ですよね」

楓はつぶやいた。極めて写実的な瞳が、近距離からまっすぐにこちらを見つめている。艶やかに水を湛えた瞳孔に浮かぶのは、髑髏。この絵を鑑賞する者の本性を暴こうとしているのか、あるいは死を予言しているのか。

寓意的で不気味な絵でありながら、嫌な感じはしなかった。

「エッシャーは無限や宇宙を表現したかったのではないかしら。彼の絵からは芸術家の情念を感じない」

楓はうなずいた。絵から迫ってくる気持ちがあまりない。春樹の絵にもそんなところがあった。迫力があり、高い技術を感じた。衝撃を受け、でも真の意味で心を動かされることはなかった。

「彼の目は、人のそれではなかったのかもしれない」

ぽつりとリラが言った。

「人の目ではなかった？　それは、妖精の瞳ということですか？」

「少し違うわね。妖精の瞳は、あくまでも人の目が持つ特別な力。神の眼は、もっと俯瞰するような、決して交わることない高みからの眼差し。エッシャーは神の眼を持っていたのかもしれない」

リラは二人が見つけ、楓が刷ったばかりの木版画を手にした。

「技量の差は一目瞭然だけど、私はこの作品も好きだわ」

「目元が違いますね。オリジナルは高齢の男性みたいだけど、これは若い女性みたい」

「私も、そう思う」

「この目……」

どこかで見たことがある。それも、つい最近だ。楓は考え込んだ。

「あっ」

「どうしたの？」

「この版画、文芸部の部誌に使われていました」

楓はリラと手分けして、過去の部誌を見返していった。

その表紙はコピー誌の山の中にあった。版画をスキャンしてパソコンで加工したのではなく、手すき和紙に一冊ずつ刷ってある。

「特集が『眼』なんですね。変わってる。これ何冊かあるし、一冊お土産にどうですか？」

「ありがとう、いただくわ」

楓は奥付を確かめた。思ったより新しいもので、発行はこの三月だった。

「ずっと前からここに眠っていた版木を誰かが見つけて、そこからまた物語が生まれるなんて、面白いですね。……あ、柚香(ゆずか)先輩の小説も載ってる」

「え？」

「柚香先輩は去年、文芸部の部長をしていて、幾度か話したことがあるんです。春樹とも顔見知りだし」

「……そう」

リラは静かにコピー誌をめくった。楓とリラは、ほとんど同時に、その人の作品を見つけた。

「神の眼」

＊＊＊＊＊＊

「では、面接はこれで終わります」

「ありがとうございました」

候補者が退室すると、部屋の中央に投影されていた彼の星がすうっと消えた。これはホログラムであり現物は研究室で厳重に管理されているとわかっていても、一つの星が消える時は背筋が凍る思いがする。自身が手掛けたミクロコスモスを処分する時の嫌な感覚が蘇ってくるのだ。

これが私の過剰な反応であることはわかっている。

より良き社会の実現を求めて、ミクロコスモスによるシミュレーションが行われるようになって二十年が過ぎる。仮説に添った結果が予想されれば、あるいは意義ある成果を上げる見込みがなければ、ミクロコスモスは速やかに処分される。

研究室のメンバーは七名、一人が最低三つ、多い者では十一の星を持っているから、一つや二つ星が消えたところで誰も気に留めることはない。

「ここで五分の休憩とします。次の候補者で最後となります」

最終面接の進行係を務める青年の言葉に、室内の空気がわずかに緩んだ。本日の最終面接に呼ばれた候補者は四名。ここまでの三名に対して面接官たちの評価はかんばしいものではなく、部屋には諦観に似た淀んだ空気があった。

候補者にとって「ピックアップ」されるかどうかには人生がかかっている。それだけに面接には十分な気合が入り、能力もキャリアも申し分ないのだが、決定打に欠ける。

七名の面接官と私は長テーブルを離れて、伸びをしたり、配られた冷たい飲み物で喉をうるおしたりと、それぞれリフレッシュに努めた。

私は窓辺に立って夕陽を眺めた。最終面接の会場は三十七階建てビルの最上階であり、普段は見ることが叶わない絶景だ。ビルの谷間の向こうに海が広がり、そこに消えゆく太陽が世界を朱色に染めている。私はひと時、自分が今いる場所を忘れかけた。それほどに美しい夕陽だった。

「ケイン君、何か気になることでもあるのかね？」

声をかけてきたのは面接官の一人、ルンデ氏だ。面接官は七名いるが、中心となるのは彼で候補者との会話も、ほとんどを彼が受け持っている。

「いえ、夕陽が美しいなと思いまして」

「そうか」

ルンデ氏の表情が緩んだ。

「ずいぶん険しい顔をしていたから、候補者に何か問題があったのかと思ったよ」

「……そんな顔をしていましたか？」

気づかなかった。周囲に気を使わせるほど露骨に感情を出すようなことがあってはならない。

「いやいや」

ルンデ氏は手を振った。

「神経質になっているのは私の方だな」

そこでルンデ氏は声を潜めた。

「どうも、今回の候補者はぱっとしない。欠員補充のイレギュラーな募集とはいえ、なかなか良い人材はいないものだな」

職務の特殊性によって公募はされないが、常に人材募集中の仕事だった。

「最後の一人に期待したいが」

「そうですね」

「君の推薦と聞いたが。やはり担当の星から選んだのかね？」

「はい。ナンバー十三から」

「それにしても……ナンバー十三、書物の星から候補者が出るとは」

ナンバー十三は書物が途絶えた地球だ。百年のタイムテーブルを使って、極めて穏やかに行われる思想統制。人々は何の不満も疑問も抱かず、ただ「不要だから」「興味がないから」と書物を手放していった。

俗称が「書物の星」とは皮肉なものだ。

「資料を見る限りでは優秀と思うが、若さが気になる」

「逸材と確信しておりますよ」

私は答えた。今日、この場に来るまでそのことに微塵の疑いもなかった。私がスカウトした彼女は、この職業に就くべき極めて優秀な人材であると。だが今、私の心は揺らいでいた。

夕陽のせいだ。燃えるような夕陽。

「それでは、時間となりましたので、最終面接を再開いたします」

係員に案内されて入室したのは十代半ばの女性だ。その若さに、面接官がざわめく。事前に配られた資料で年齢も経歴も頭に入っている筈なのに、実際の姿を見ると驚きを隠せないようだ。

「どうぞ、おかけください」

ルンデ氏が着席を促す。

「あらかじめ誓約書にサインを貰っていますが、あなたには守秘義務があります。採用不採用を問わず、ここでの会話を外部に漏らすことのないように」

ルンデ氏が長々と、お定まりのフレーズを述べる間、彼女は表情を変えなかった。感情のレベルが一定なのか、内面をうまく隠しおおせているのか、いずれにしても職業適性がある。初めて会った時から、彼女はそういう人だった。

私が候補者マイヤ・オニールと出会ったのは三ヶ月前、夏の始まりのことだった。

自身の管理下にあるとは言え、我々がミクロコスモスに降り立つことは滅多にない。リスクが高すぎるからだ。ここは箱庭、悪意ある者の手でたやすく消し去られてしまう。だから我々が自らの管理する星に赴くのは人材を「ピックアップ」する時だけだ。個別の人物を我々の世界へ引き上げる。

私にはその権限が与えられている。

マイヤは公園のベンチに座って手にした薄い本に目を落としていた。この星だけでなく今や私が生きる世界においても過去の遺物である紙の本だ。

劣化が激しく、表紙はボロボロだった。

「君をピックアップしに来た」

「ピックアップ？」

マイヤが認識するピックアップとは、我々が使う意味でのそれとは無論違う。この世界では、都市部のエリートコースに乗るチャンスを意味する。だがマイヤの表情は物憂げで、口調は投げやりだった。サンダルを履いた足をぶらぶらさせながら、ページをめくる手は止まらなかった。

「君は『神』になりたくはないか？」

私が投げつけた問いかけに、ようやくマイヤは私を見た。

「神？」

「君も話を聞いたことがあるだろう？　創造主の存在を」

国家の枠を超えた世界公務員「神」は、簡単に言えば、人の一生のシナリオを書く仕事だ。遺伝子操作によって、人間は生まれながらに生涯を決められている。効率良い社会、円滑な人間関係を保つ為に、コンピュータがデータを弾き出す。性別年齢のバランスが崩れることはないし、必要な仕事に必要な人が割り振られる。社会は完璧に回っている。

「神」の仕事は、コンピュータが計算した仕様書を「人生」という名に相応しい物語へ膨らませることだ。この星において、人はそう教えられている。

「年齢制限がないとは知りませんでした」

「年齢は関係ない。能力と、何より適性が重視される」

「適性？」

私は彼女の手の中にある物に目をやった。

「物語る力」

今ではどこにも流通していない紙の書籍は、廃墟と化した図書館から勝手に持ち出した物だ。別にそれを咎めるつもりはない。

「興味深い仕事だと思うよ」

読むことすら捨て去った人々。まして物語ることを知る者など絶えて久しいこの星で、彼女は紛れもなくその翼を持つ者だった。

「それは、実体験からくる言葉ですか？」

「ああ、そうだな」

マイヤの言葉は真実だ。私もかつて「神」として働いたことがある。


「筆記試験は素晴らしい出来栄えだった」

私は興奮を隠せなかった。

マイヤにやらせたのは、本番の試験と同じく制限時間四時間の、端的に言えば「作文」だった。与えられた単語を使い、条件に沿った文章を完成させる。ただそこに情緒や趣（おもむき）といったものまで求められるのが、この仕事ならではだ。

彼女は私の望む以上の成果をあげた。彼女の文章には私の管理下にあるナンバー十三ではとうに失われた「物語」の手触りがあった。

「君は、どうだった？　自分で、この仕事に適性を感じるか」

「面白いと思った」

案外素直にマイヤは認めた。

「仕事の特殊性は説明した通りだ。採用が決まれば十五年に渡って、今の生活から切り離されることになるが？」

「それは別にかまわない」

マイヤはあっさり言った。実はこの点が一番のネックなのだ。

世界公務員としてステータスがあり、報酬も破格だが、かなり厳しい勤務形態の制約があり、最終面接や研修に入ってからの辞退者は少なくないのだ。

顔も知らない他人のものであるとは言え、人の一生を創造する仕事だ。「神」は、その任期中、外界から隔離される。就任と同時に出身地と遠く離れた施設に移送されるのだ。外部との連絡手段は無い。任期は五年だが、その後三年間は「観察期間」として施設に留められる。外部と連絡を取ることは可能だが、面会は許されず施設から出ることもできない。

三年が過ぎると施設からは解放されるが、さらに七年間は「準観察期間」として、居住地を限定されるのだった。そこで「神」であった者は初めて、自分が働いていた国が世界のどこにあるのか知り、故郷とのあまりの距離に驚くことになる。その七年間は渡航が禁止されるから、帰国は叶わない。

というのが表向きの話。

実際に「神」が連れて行かれるのは一つ上の階層にある地球だ。十五年の後に真実に気づいても、もはや戻る星はない。シミュレーションに使用されるミクロコスモスの寿命は三ヶ月から、長くとも二年だ。

「私のこと調べたんでしょう？」

ふいに乾いた目をしてマイヤは続けた。

「家族も友達もいない」

居場所などどこにもない。外界から隔離という名の孤独はマイヤをためらわせる理由にはならない。


「ただ孤独であれば良いというわけではありません」

ルンデ氏は静かに言った。

「コミュニケーション能力の欠けた者に、この仕事は勤まりません」

他人の人生を思うとおりに操れるから。

支配者の快楽を求めて志願する者も少なくはない。

「神になりたがる人間は多いけれど、その職務を全うできる者は多くはありません」

コンピュータにデータだけでなく詳細なシナリオまで作らせれば足りるのではないか？

一部にあったその声をねじ伏せてでも、人の手が介入する意味を、忘れてはならない。

パタリと、ルンデ氏がファイルを閉じた。

「これで最終面接は終わります。結果は数日内にご連絡を差し上げます」

ルンデ氏の言葉は形式に過ぎなかった。そのことを全員が確信した。マイヤ・オニールは選ばれるし、辞退することもない。

立ち上がって退室する前に、マイヤは足を止めて窓の外に目をやった。太陽は今、完全に姿を消し、わずかな朱色の帯が山肌を彩っていた。

ひとたび「神」の眼を持ってしまえば、彼女は人ではない者になってしまうのだ。十五年たって真実を知り、これまでの生活全てが偽りであったと知る。かつて暮らした星は既に滅び、自分は一つ階層をあがった世界で生きていくのだと。

それは孤独で、寄る辺のない人生だ。彼女は生涯をかけて、不安定な自分の居場所を探し続けることになる、私がそうであるように。

＊＊＊＊＊＊

楓は改めて表紙の版画に目を落とした。大きな瞳には髑髏が映っている。この目の持ち主には、人の姿がこんな風に見えていたのだろうか。家族も友も恋人も、命なきものとして。

「悲しいお話ですね。人の一生が全部、誰かが作った物語だなんて」

「私は、優しい話だと思うわ」

リラは静かに言った。

「人生が作られたものだとしても、それがプログラムの羅列ではなく誰かの想いが込められた『物語』であるのだとすれば、生きていくことはそれほど辛くないと思える」

「それは、そうかもしれないですけど」

「マイヤのように他者の人生を創造する者は、その行為の重さを自覚した時、たとえようもない恐怖と孤独を感じるのでしょうね。彼らを書く者も、また」

リラは、ホチキスで綴じられただけの薄い冊子を、それがまるで繊細で高価な骨董品であるかのように扱った。

「それでも、書き続けているのね」

「リラさんは、柚香先輩のこと知っているんですか？」

かつての知人、今は交流がないものの気にかけている人。リラの口調にはそんな響きがあったのだ。

「それは……」

「やあ、遅くなって申し訳ない」

宮本先生が現れて、リラと楓の会話は途切れた。

先生はリラの提示した買い取り価格にあっさりとうなずいて、商談は成立した。

先生はお茶でもと引き留めたのだが、リラは買い取った商品を梱包し宅配便の手配をすると、現金で支払いをし風のように去って行った。

「ずいぶんすっきりしたねえ」

美術準備室を見回した宮本先生は満足そうだ。

「値がつかなかった物は来週にでも部員に声をかけて、欲しがる人がいなければ廃棄だな」

「先生、今の方はお知り合いですか？」

さくらのデパートの仮店舗でひっそりと営業している眼球堂を、宮本先生が選んだのはなぜなのか、楓は気になった。

「いや、紹介してもらったんだよ。ええと……誰からだったかな」

宮本先生は首を捻った。それで楓は何となくわかってしまった。

初めて会った日、春樹を店に誘った時そうであったように、リラは宮本先生の心にするりと入り込んで、暗示のようなものをかけたのだ。

でも、何のために？

宮本先生が処分しようとした品々をリラが欲しがったとは思えないし、楓に会いに来る理由もない。彼女は何を求めて、やって来たのだろう。

五章　瞳に降り、溶ける雪

シャラン。扉を開ければ、銀鈴（ぎんれい）は変わらぬ響きでリラを迎え入れた。広くはない店内だが、移転したての事務所のようだった寒々とした空気は既にない。

上質の家具と絨毯（じゅうたん）、静かでぬくもりのある空間。最初にリラが楓たちを連れてきた時に比べ、眼球堂は格段に居心地の良い場所になっていた。

「お帰り」

ソファで本を読んでいた青年が立ち上がり、コートを受け取ろうと歩み寄ってくる。

「ただいま」

安心できる巣穴に戻ってきたような心地で、リラはほっと息をついた。湿り気を帯びた髪を払うと、青年は眉をひそめた。

「雨か？　ひどく濡れたなら着替えた方が」

「霧雨よ。ほとんど濡れてない」

リラはソファに腰を下ろした。

「今日はどこに行っていた？」

「あの少年が通っている中学校。美術室に、奴らの痕跡があるのではないかと思って」

また危険なことを。咎めるような眼差しを無視してリラは続けた。

「それについては無駄足だったけれど、ちょっと面白い品を手に入れたわ。たぶん、あなたも気に入ると思う」

「それは楽しみだ」

「届くのは明日になるけれど。それと、楓と会っておしゃべりをしたわ」

「そうか」

「あの子は良い子ね。特別な能力など何も持っていない普通の子。華やかな物語の主役にはならないけれど、自身の人生を歩いていける」

それはリラがかつて望んでいた人生かもしれない。自分自身でも、もはやわからなくなってしまったけれど。

すうっと背中が寒くなって、リラはわずかに身を震わせた。

「今夜は冷えるな」

さりげなくリラの肩を叩いた青年が続ける。

「甘いものを飲みたくならないか？　ホットチョコレートか、チャイを入れよう。どちらが良い？」

「ホットチョコレート」


青年が飲み物を入れに行ってしまうと、リラはソファに深く身を沈め、飾り窓に目をやった。デパートのフロアや街へ面しているのではなく、どことわからぬ異世界へ続く窓だ。

嵌め殺しの窓の向こうには雪が降っていた。白く煙り窓の先の世界は見えないけれど、そこにかつて生きていた世界があるような気がする。青年と出会った日も、こんな風に雪が降っていた。

ふわりと、甘い香りがリラの意識を引き戻した。

「ありがとう」

テーブルに置かれる二つのカップを見て、リラは小さく笑った。

「どうした？」

「ホットチョコレートって、ただチョコレートを溶かした飲み物だと思っていたわ。昔、博士がホットチョコレートが好きだと言った時、そんなのドロドロで飲みにくそうと笑ってしまって」

「博士は何と？」

「とびきりのホットチョコレートを作ってくれたわ」

「そうか」

リラは普段、甘いものは飲まないし、何も入れない紅茶を好む。けれど時おり、無性にホットチョコレートを飲みたくなることがある。それは少しだけ寂しい時で、彼はきっとそのことに気づいている。

いたわりや慰めの言葉ではなく、ただその甘い飲み物を一緒に飲むことで、リラに寄り添ってくれるのだ。博士がそうであったように。


「博士は、なぜ命までかけたのだろう？」

青年のつぶやきに、リラは手を止めた。

「アンリの為にクローン眼球の研究を進めたという話はわかる。だが少年が生まれるずっと前から、博士は瑠璃目(るりめ)病研究の第一人者だったのだろう？」

瑠璃目病はリラがいた世界で、恐れられていた眼病だった。角膜が青く透き通っていく奇病で、発症した者の九割は失明に至るのだ。博士は、その病との戦いに人生を捧げていた。

リラ自身も博士に救われた一人だった。ごく初期の段階で発見され、最先端の適切な治療を受けることができた。

「クローン眼球の研究を始める前、博士は眼科のお医者様だったの。三十代の半ばまでは専門医としてクリニックに勤務していたと」

「それが何故？」

「博士に聞いたことがあるわ」

リラは両手で包み込んだカップに目を落とした。

「お屋敷で働き始めて間もない時、風邪をひいた私の枕もとで、博士がお話をしてくれたことがあるの。病気の子どものために作った、ちょっと変わったお伽話だと思っていたけれど、あれは本当の話だったのかもしれない」

＊＊＊＊＊＊

年内最後の勤務を終えてクリニックを出ると、昼過ぎから降り始めた霙（みぞれ）は雪に変わっていた。冷え込みも一段と厳しくなったようで、私はモヘアのマフラーを、三重巻きにした。十歳の娘が編んでくれたそれは淡い桃色で、どうにも気恥ずかしいのだが、とびきりあたたかい。

暗い空を見上げると白い雪がくるくると舞っている。地上近くになれば、ほとりほとりとまっすぐ降る雪も、風が巻く上空では奔放で、螺旋を描きながら少しずつ近づいてくる。子どもの頃はその様が面白くて、いつまでも空を見上げていたものだ。

足を止めて仰向けば、火照った頬に降り落ちる雪片の冷たさが心地良い。しばらくそうしていると、ふいに左目が白くぼやけた。雪がまつげに引っかかり視界を奪ったのだ。

あの人が見ている世界のように。

勤務先のクリニックは、私を含めて三名の専門医が常勤している瑠璃目病治療の専門外来で、全国のみならず海外からも患者が訪れる。

瑠璃目病は、視神経と角膜に障害が起こり視野が狭くなる病だ。初期に発見し適切な治療を続ければ進行を遅らせ、生涯に渡り視野を保つことができるが、自覚症状を含め初期にはわずかな病変しかなく、経験を積んだ眼科医以外がそれを見抜くことは難しい。

本人が異常に気づくのは、視野の多くが欠損し日常生活に困難をきたすか、周囲の者から青い目を指摘されるようになってからだ。生まれながらの目の色が青や緑の者、あるいは黒や焦茶といった濃い色の者は、発見が遅れてしまう。

結果として発見された時には既に病は進行してしまっているのだ。そこからの治療は困難で、残された視野をどれだけ守っていくことができるかという戦いになる。統計上は発症した者のうち九割が失明に至る病だ。

初期に自覚症状がないことや、患者数に対して専門医が少ないこともあって、適切な診断や治療を受けることができない患者も多い。十年、二十年という長きに渡る治療のため、途中で治療を投げ出してしまう人もいる。

私が担当するショーンも、そんな一人だった。瑠璃目病を発症したのは十年前、四十五歳の時だが、幸いにも初期で発見できたことと薬との相性が良かったことで、病の進行を抑えることができていた。

けれど、二年ほど前の単身赴任をきっかけに、彼は治療をやめてしまったのだ。ずっと進行がなかった油断もあったのだろう。年末年始の休暇で赴任先から戻っていたショーンが久々に訪れた時、私は嫌な予感がした。

「最近、物によくぶつかるんですよ」

検査の結果は恐れていた通りだった。視野の欠損は急速に進み、左目の八割、右目の五割が見えなくなっていた。既に末期症状で、失明する可能性は極めて高い。

「勘弁してください、先生。私はまだ五十五歳ですよ」

付き添いの奥様と顔を見合わせたショーンは、私に訴えるようにそう言った。彼が私から何か希望的観測を引き出そうとしていることはわかっていた。それでも私は、具体的な数値を上げて現状の厳しさを説明した。

話をするうちにショーンは泣き出し、やがてそれは号泣になった。

「そんな、つき放すみたいな言い方ないでしょう。見えなくなるって、どんなに怖いことか……先生には、私らの気持ちがわからない」

背をさする奥様も泣き出し、スタッフが驚いて覗きに来るほど診察室は騒然となった。私はショーンと奥様を別室に連れて行き、落ち着いてから帰宅させるようスタッフに指示しておいて、次の患者を呼んだ。

「エプスタイン先生は冷たい」

「腕は良いのかもしれないけど、鬼だ」

患者から、その家族から、時にはスタッフからも、そんな言葉をぶつけられる。

事実、私は冷たいのかもしれない。一日に何十人もの患者に接するが、一人一人の患者のことはできるだけ考えないようにしている。

祈るだけ、寄り添うだけなら、誰にでもできる。医師は感情に流されることなく、知識と技術で病と闘うのだ。

「エプスタイン先生は冷たい」

普段なら気にも留めない言葉がいつまでも残るのは、私の心が弱っているせいだ。忙しさに十分な睡眠がとれていない。風邪がなかなか抜けない。そして、寒さは人を淋しく、辛い気持ちにさせる。

左目の靄（もや）は晴れなかった。雪がいつまでも溶けないのはおかしい。不安を振り払いたくて、私はことさら強く瞬きをした。ハンカチを取り出そうと鞄を開けるが、気持ちが焦るばかりで見つからない。その時、すっと目の前に白いハンカチが差し出された。

はっきりと見える右側から差し出されたハンカチを反射的に受け取って、その手の主を見たとたん、私は凍りついた。そこにいたのは、決して忘れられない人だった。

「……ジェニー」


研修医だった頃、私が受け持った女性だ。まだ二十二歳だったが病院に来た時は既に末期の瑠璃目病で、予後も悪かった。最初の診察の日から半年後には失明が宣告されたのだ。その夜、彼女は病棟の非常階段から転落死した。

こんな風に霙が雪に変わった夜だった。

私は指導医から、彼女に対する対応を責められた。年が近いこともあって、ジェニーは私に親しみを持ってくれた。だから私は彼女の気持ちを軽くしようとしたのだ。厳しい現状については指導医でもあるベテラン医師が告げているのだから、問題ないだろうと。

結果、根拠なく大丈夫と繰り返す私の言葉に縋（すが）った分だけ、失明の事実に直面したジェニーが受けたショックは大きかった。

彼女の死は、凍った階段に足を滑らせての事故と結論づけられたが、私が救われることはなかった。

それ以来、私は患者にはリスクを最大限に告げ、冷徹に接するよう心がけてきた。

検査が多すぎると言われれば、どうぞもっと検査が楽なクリニックに行ってくださいと答えたし、指示した通りに点眼できない患者の診療を拒否することさえあった。彼らの心を傷つけるとしても、病と真剣に向き合うためだと自分に言い聞かせながら。

それでも、救い得なかった人たちは多い。

ジェニーの姿はいつか降る雪に消えて、白い影となった。手の中のハンカチもまた。

彼女に代わるように、影が一つ、また一つと現れた。みんな顔を持たない白い影だったが、声なき声が私に突き刺さる。

どうして、助けてくれなかったのか。私の目を守ってくれなかったのか。

ゆらゆらと風に揺れながら、影たちは何処へか私を誘った。いつの間にか暗い道に踏み込んで、私は影たちを追った。川の流れる音が近くなる。滑りやすい石段を降りて、川べりに立つ。

あそこに行ったら、楽になれるかもしれない。白い闇の世界へ。

その時、強く左腕を掴まれた。

「危ないですよ、先生」

痛みよりも驚きに息を呑み振り向くと、立っているのは、クリニックの受付をしているホワイトさんだった。私は、後一歩で雪に隠された流れに踏み込んでしまうところだったのだ。気がつけば、白い影たちは消えていた。

「……どうして、ここに？」

クリニックから、この川と彼女の自宅はほぼ反対方向だ。

「ショーンさんが、先生の様子がおかしいと教えてくれて」

ホワイトさんの後ろには、診察室で号泣していたショーンの姿があった。少し離れた道路には奥様が運転するミニワゴンが止まっている。

どうしてショーンが？

言葉に出せないまま、私は眼差しで問いかけた。

まだ罵り足りないのだろうか？　それとも全能なる神に対するように私に奇跡を求めるのだろうか？

どちらであれ、今宵はもう、受け止めることができない。

「先生にはみっともないところを見せてしまい反省してます。ひどいことを、言ってしまった」

頭を下げるショーンに私は慌てて首を振った。

「そんなこと……」

「妻にも怒られて、次の診療日に謝らなきゃなあと思っていたら、先生がフラフラ歩いているところを見つけたんですよ。真っ青だったし、なんだか様子がおかしかったから」

自分が突然声をかけるよりはとクリニックのホワイトさんに電話をかけて、追って来てくれたのだと言う。

患者に心配されるなど、医師失格だ。私はうつむいた。

「先生、あれから考えたんですが、仕事は早期リタイヤしようと思います。子どもたちも独立したし、妻と旅行でもしようかと」

ずいぶんと落ち着いた様子で、ショーンは続けた。強がりかもしれないが、それでも。

「見えるうちに、綺麗なものを沢山見ておきますよ。ああ、もちろん諦めたわけじゃない。政府が新しいプロジェクトに取り掛かるって聞きましたよ。仲間も言っているけど、画期的な治療法ができるかもしれないし」

寒さで強張った体をぎこちなく動かして、私は川を後にした。ショーンが眉をひそめる。

「風邪なんか引いちゃ駄目ですよ。先生を頼りにしている人は沢山いるんだから」

「そうですよね、休んでなんかいられない」

もっと頑張らないといけない。とどまり休むことを、自分に許してはならない。

「違う、違う」

するとショーンは手を振った。告げられたのは、思いもかけない言葉だった。

「先生も体、大事にしなきゃってことですよ」

胸がつまって、答える声が遅れた。

「……ありがとうございます」

「それじゃあ、先生、良いお年を」

そう言って、ショーンは車で待つ奥様の元に向かった。雪降る夜ということもあって、あまりよく見えていないのだろう。一歩一歩、あたりを探るような足どりだが、彼は堂々と前を向いている。

「先生、帰りましょう」

ホワイトさんに声をかけられて、私たちも歩き出した。

「ホワイトさん」

積もる雪に足を取られないよう慎重に歩を進めながら、同じくらい慎重に、私は言葉を綴った。

「もしも今、私が抜けたらクリニックは立ちいかなくなるだろうか？　今でさえ皆、超過勤務なのに」

「それは、とても厳しい状況にはなると思いますけど……でもクリニックは関係ありません。先生は、ご自身で決断すべきです」

半年以上前から、政府直轄の研究機関から声をかけられていた。我が国、いや世界屈指のクローン臓器研究施設だ。スカウトマンの声が耳に残っている。

先生には、もっと相応しい戦い方があるのではないですか？

古くから行われている生体間に加えクローン臓器を使った移植はもはや標準医療であるが、人体の幾つかの器官についてはクローン研究が著しく遅れている。その一つが眼球だ。

私は大学院でクローン眼球の研究をしていた。卒業後、研究者の道を究めるか、眼科医として前線に立つか悩んだ末に今の職業を選んだのだ。それから十年、懸命に瑠璃目病と戦ってきた。

　別の戦い方があるのかもしれない。クローン眼球が実用化されれば、瑠璃目病だけでなくあらゆる眼病に苦しむ人たちの救いとなりえる。

「私が眼科医の道を選んだのは『全ての人に光を』という恩師の言葉があったからだ」

　それは恩師が生涯掲げた理想だった。その志に惹かれたのは本当だ。だが私が眼科医療の最前線に立ったのは、研究室での会話ゆえだった。何がきっかけだったが、恩師がこんなことを言い出した。

「君は私が四十年見てきた中で最も才能に満ちた学生だ。だが今のままでは何かを成し遂げることはないだろう」

「どうしてですか？」

「象牙の塔から出て行きなさい。自分が何を研究しているか知り、光を求める人の心が真に理解できるまで戻って来てはいけない。己の無力に打ちのめされ、それでも前に進みたいと願った時、君は自分のなすべきことを知るだろう」

　若い私は反発を感じたが、恩師の助言に従いひとたび研究の道を離れた。今にして思えば、あれはずいぶんと予言めいた言葉だった。

「先生は、優しすぎるのかもしれません」

ホワイトさんが寒そうに首を竦めた。

「一人一人の患者さんと適切な距離を取ることが得意ではないでしょう？」

古い付き合いになる彼女は、ジェニーのことも知っている。

「優しさでは、誰も救えない」

自分でも言い訳がましいと思いながら、私はそう言った。

「感情を共有してしまうと冷静な判断を欠くかもしれないからですか？　だから先生は壁を作ってしまうんですね」

「自分でも融通が利かない、いや……子どもじみているとわかっているんだが」

このまま医師としてクリニックにとどまるか、大学に戻って瑠璃目病の研究に集中するか、あるいは……

「ほら、先生。突っ立っていたら凍っちゃう」

ホワイトさんにバンっと背を叩かれて、全身の血が流れ出した。

「凄い降りになってきましたねえ」

「明日からお休みで良かった」

「駐車場の雪かき、大変ですものね」

いつしか瞳の雪は溶け、雫となって頬を濡らした。雪一片が溶けたにしてはおかしい程に後から後から、こぼれる雫を私は拭った。

涙のようだと、思いながら。

＊＊＊＊＊＊

「それから博士はクリニックを退職して、研究者の道に進んだの」

政府直轄の施設に研究室を持って、クローン眼球研究の第一人者になった。

「私が出会った時にはもう博士は引退を宣言した後だったけれど、カリスマだった。まるで神様であるかのように、誰もが博士に願い、縋り、あの人を苦しめた」

リラは立ち上がると、雪降る飾り窓に静かに触れた。

「博士は言ったわ。『全ての人に光を』と。クローン眼球の技術が独占され、富と権力を持った者だけが享受する。それは間違っていると。だから博士は、新しいクローン眼球を生み出した」

博士がひそかに生み出したものは植物由来のクローン眼球だった。それまでのものと比べると拒絶反応は格段に少なく、耐久性は移植された人の寿命とほぼ同等だった。

その技術を権力者に奪われ、その者たちが人々を選別する道具にすることは決して許さない。博士はそのために、自ら命を絶ったのだ。望みはリラに託された。

「それをアンリに届けることは博士の夢であり、私の使命。でも、それだけじゃない。あの世界で今なお苦しむ全ての人に、私は博士の光を届ける。だからいつか、必ず戻るわ」

例えばこの世界、幻想の入り込む余地がほとんど感じられないここは、リラにとって仮初の場所だ。あるいは十九世紀末ロンドン。この店と出会い、愛着を感じ短くない時間を過ごしたあの町もまた、リラにとっての「帰る場所」ではない。

全ては彼の意思であったとしても、青年はリラの為に生まれ育った町を捨てた。いつかリラが望みを叶える日、二人の旅は終わる。その時、彼はどこに帰るのだろう。

未来を描くと、リラは時おり苦しくなる。

六章　雪の翼

「楓さん」

柔らかな響きで名を呼ばれた。普段そんな風に楓を呼ぶ人はいないから、反応が遅れた。

「楓さん、でしょう？」

改めて呼ばれて慌てて振り向くとリラが立っていた。でも随分と雰囲気が違う。

「どこかへご旅行ですか？」

「あら、やっぱりわかる？」

「いつもと少し違うから」

長い髪を高い位置で結いパンツルックに薄手のコートを羽織っている。足元はスポーツシューズで小さめのショルダーバッグを肩にかけた活動的な格好だ。

「仕入れの帰りなの」

そこでリラは小さく首を傾げた。

「珍しく、今日は一人なのね」

「え？」

「あの男の子は？」

「……そんなに、いつもべったりじゃないですよ」

自分でも説得力がないなと思いながら、楓は言った。眼球堂を訪れた二回とも楓は春樹と一緒だった。二度目の来店時にはリラは不在だったが、店主から話を聞いたに違いない。

「店主さんは？」

「あの人は店から出ないから。出られないと言った方が良いかしら」

「どうしてですか？」

楓は何気なく聞いたのだ。だからリラが困ったように目を伏せて、聞いてはいけないことだったのかと慌てた。

「すみません、立ち入ったことを……」

「紫外線にアレルギーがあるの」

気まずい沈黙が落ちかけた時、リラが言った。

「大変ですね」

「客商売にあるまじきことだけど、人間嫌いのところがあるしね」

失礼とは思いながら、楓は大きくうなずいてしまった。

「時間があるなら、お茶しない？　近くにオープンテラスのある素敵なカフェがあるの」


リラが連れて行ってくれたのは、広い中庭のある洋館だった。

「ここ、ですか？」

楓は尻込みした。確かにオープンテラスのあるカフェだが、客たちが楽しんでいるのは、女子の憧れ英国式アフタヌーンティーだった。

三段トレイに載せられたサンドイッチ、スコーン、ケーキに、紅茶のポット。楓も映画のワンシーンや雑誌の特集で目にするたびに行ってみたいと思ったけれど、中学生にはハードルが高い。四千円前後という価格は一ヶ月分の小遣いにほぼ等しいし、何よりも洗練された優美な空間には、楓みたいな子どもが足を踏み入れてはいけない気がするのだ。

「ええ、そうよ。オーナーとご縁があって、時おり寄らせていただいているの」

リラは臆することなく店内に足を踏み入れた。ドレスコードがあるのではとビクビクしたが、ドアマンはリラだけでなく楓にも感じの良い笑顔を向けてくれた。

「少し風が冷たいですが、いつものお席でよろしいですか？」

「ええ、お願いします」

案内されて歩きながらリラが教えてくれた。

「店の仕入れとは別件で、オーナーにアンティークのティーセットを頼まれていたのだけど、状態の良い品を見つけて、とても喜んでくださったの」

「前に、お店で見たようなティーセットですか？」

「そう。あれは少しオーナーの好みとは違ったけれど、すぐに買い手がついたわ」

待つほどもなく三段トレイとティーセットが運ばれてきた。

「好きなように楽しめば良いのよ」

どこから手をつけていいのか躊躇っていると、リラが優しく言った。

「でも、いかめしいマナーに添うのも一興と思うなら、まずはサンドイッチからいただきましょうか」

それで楓は細かなマナーに固くならずお茶を楽しむことができた。

「リラさんは、こういう場所が似合いますね」

秋薔薇が咲く庭を見ながら紅茶のカップを傾けているリラは、見とれてしまうほど優雅だ。気合を入れてドレスアップしたに違いない女性たちよりも、旅装姿のリラの方がずっと上品でお洒落(しゃれ)に見えた。

「イギリスにいらっしゃったんですか？」

「そうね、ロンドンには長くいたわ」

白い手が静かにカップを置いた。

「あの人がロンドン生まれで、もとはお父様が骨董屋を営んでいたの。今のように眼球に纏わる品だけを扱うようになったのは彼の代からだけど」

どうして眼球だけに特化したのか、どうして日本にやって来たのか。それは気安く聞いてはいけない気がした。代わりに楓は聞いた。

「お二人はずっと一緒なんですか？」

「どうかしらね」

リラは謎めいた微笑を浮かべた。

「共に過ごしてきた時間は長いけれど、未来のことはわからない」

二人は恋人同士なのだろうと、楓は思っていた。店の共同経営者と言っていたし、あの不愛想で人間嫌いという店主は、とても優しい眼差しでリラを見る。優しいという言葉では足りない、大切なものを失うことを恐れるような。

「私は、誰かと歩む明日を、夢見てはいけないの」

それは風にさらわれるほど小さな囁きだった。

「あの……前から思っていたんですけど」

今にも消えてしまいそうな人を掴まえたくて、楓は慌てて言った。

「リラさんの名前って、ライラックですよね」

四月から五月、香りの良い紫色や白色の花を咲かせるライラックを、フランス語ではリラと言うのだ。

「そうなの？　あまり考えたことがないけれど。どんな花だったかしら」

楓はスマートフォンを取り出してライラックの画像検索をした。

「可愛い」

紫色の花冠を見たリラの頬が緩む。

「植物の名前でお揃いだなって、ちょっと嬉しいです」

「楓は知っているわ。秋に生まれたの？」

「はい十月に。春樹は三月なんですよ。最初は『桜』になる筈だったんですけど、同じ時期に生まれた従妹がその名前になったから、春樹に」

「確かに、みんな樹木の名前ね」

「店主さんは、なんておっしゃるんですか？」

「ジェームズ」

まさか彼まで植物にちなんだ名だとは思わないが、聞いてみると思いもかけない普通の名前が返ってきた。

「ジェームズ……」

「らしくないでしょう？」

楓の顔を見てリラが笑った。

「彼、もっとこう、仰々しいというか、重苦しい感じの名前かと思うじゃない」

ロンドンに長く住んでいたと聞くが、楓が勝手にイメージするかの国の人とは重ならない。少なくともジェームズではないのだ、絶対に。

「まあ、あまり使うこともない名前だけどね。彼、ファーストネームで呼び合うほど親しい人がいないのよ。顧客からはオーナーとか、眼球堂さんと呼ばれるし、取引でサインがいる時も屋号で押し通しているから」

「リラさんは何て呼んでいるんですか？」

「……言われてみると、あまり呼びかけることってないわね。ねえとか、ちょっととか？」

リラは生真面目な表情で考え込んだ。

「最初は雇われていたから、旦那様とかご主人様と呼んでみたけれど、なんだか嫌がられて。それからは本当に適当に」

「適当……」

「そうだわ、仕入れの帰りなの」

何となく話題をそらされたような気がする。リラは鞄を引き寄せると、小さな平たい箱を取り出した。蓋を開けると中には柔らかそうな薄桃色の布が入っていた。ハンカチかと楓が思ったら、リラはそっと薄桃色の布を開いた。

布に包まれていたのは銀色のカードだ。サイズは学生証と同じで、厚みも同じくらい。鈍い銀色に輝くカードをリラの白い指先がつまみ上げた。

「この仕入れは失敗だったかもしれないわ」

楓はリラが差し出したカードを受け取った。紙やプラスチックのように薄くて軽いが、ずっと丈夫そうな材質だった。表にも裏にも文字は刻印されておらず、ただ右下に小さな目のモチーフが一つ入っている。カードの表面には掠れた傷跡が幾つか残っていた。

「以前に暮らしていた町に行く機会があって、偶然手にしたら懐かしくて買ってしまったけれど、骨董品というほど価値のある物ではないし、お店に置くのはどうかしらと考えているの」

「でも、ここに目が入っているし、軽くて丈夫そうだから、栞(しおり)か何かに使えませんか？」

「そうね」

リラは楓からカードを受け取ると、表面の傷跡を優しく撫ぜた。

「でも、これが持っている物語はほとんど眼球に関係ないの」

「それは、重要なことなんですか？」

長い時を経た品物は物語を持つとリラは言ったけれど、それが眼球に纏わるものであるかまでこだわっていたら仕入れは難しいと思うのだ。

「彼にとってはね」

「店主さんが？」

「店のテーマを『眼球』に絞ろうという点では私たちの意見は一致したけれど、細かい部分では正反対なのかもしれない。私は、素材そのものに興味があるのだけど、彼は物語を求めているの」

「物語」

「一時期、自分でも書いていたけれど、賢明にもその道は諦めたみたいね」

空を飛びたいと願う幼子を見守る母のような眼差しでリラは微笑んだ。

「彼は、店に置く品々が抱く物語を大切にしていて……モチーフが眼球であることは必ずしも求めていないのかもしれない」

「それなら、このカードも大丈夫じゃないですか？　眼球に関係ないとしても、物語を持っているんですよね」

ワンポイントで人の目が入った傷だらけのカード。その品を見るだけでは欲しいとは思わない。でも、そこに纏わる物語を知れば、人の気持ちは変わるかもしれない。

「リラさんは、懐かしくなってこれを買ったって言いましたよね。じゃあ物語は、リラさんの思い出なんですね」

リラははっとしたように、楓を見た。

「……ああ、そうね」

「聞かせて欲しいです」

リラは優雅な仕草でウェイターを呼ぶと、紅茶のお代わりを頼んだ。

ティーポットと温められたカップが二つ届けられると、砂時計が落ち切るのを待って二つのカップに紅茶を注ぐ。レモンを浮かべた紅茶を一つ、楓の前に滑らせて、リラは静かに話し出した。

「私が育った村では学校に行く子どもは一握りだったわ。十歳を越えるとみんな働きに出されるのが普通だったから。私は十二歳の時に、とても良い人のお屋敷で働くことになって幸運だった。博士は、ああ私の雇用主のことね、私に家庭教師をつけてくれて、屋敷の立派な図書室も開放してくれた。学ぶことは無限にあって、その方法も幾らでもあったから、私は学校に行きたいとは思わなかったけれど、博士が言ったの。何ごとも経験してみるのは悪くないって」

それでリラは、地元の学校が主催した学外の子ども向けプログラムに参加することになったという。二週間という限られた期間ではあるが、同年代の子どもたちと机を並べて学び、時にはピクニックに行く。

「美術の授業の校外学習で、美術館に行ったの」

＊＊＊＊＊＊

美術館の地下には眠り姫が眠る。「雪眠り姫」と呼ばれる、美しい人が。

高い天井を持つ展示室は劇場に似ていて、解説員の声が心地良く響いた。リラは息をすることも忘れるほど夢中になって、その声に耳を傾けた。

「こちらの第一展示室には、サーシャ・スミルノフの代表作と言われる七体の彫刻が展示されています。彼女の活動期間は長くなく、十四歳から二十七歳までのおよそ十三年間ですが、残した作品は大小あわせて百点を超えます。創作に向かう彼女のエネルギーは素晴らしく、誰もが圧倒されるほどでした」

引率の教師と七人の子どもを前にして、解説員の声はよどみなく続いた。もう何十回、何百回とそらんじてきたのだろう。彼女の言葉に新鮮味はなかったが、適切に語られるエピソードは、背景音楽のように作品を引き立てる。

「彼女が彫刻家としてデビューしたのは十四歳の時ですが、もっと幼い頃からこの町で彼女の名を知らぬ者はいませんでした。六歳の時に初めて参加して以来、雪祭りの雪像コンクールで入賞を重ねていたのです。真っ白なフードつきのコートに身を包み、雪を形作っていくサーシャは、その愛くるしい姿から『雪姫』と呼ばれ、町の人々から愛されました」

リラたちと二歳しか違わない十四歳で、サーシャ・スミルノフの彫刻は世界を圧倒した。展示室に飾られている彫像はどれも、台座を抜きにしても高さ二メートルを超える大作だった。サーシャが得意としていた幻想上の生き物だ。一角獣、セイレーン、翼ある馬。

神様に選ばれた特別な人だ。

「こうした大きな作品を作るには大変なエネルギーが必要です。成人男性でも精根尽き果ててしまうほどの」

ひとたび創作にとりかかるとサーシャは寝食を忘れ、何かにとり憑かれたかのような勢いで彫刻刀を振るった。水と栄養補助ビスケット以外何も口にせず、誰の言葉も耳に入らなかったと言う。

二メートル級の作品となると一つの作品を完成させるまでサーシャが要した時間はおよそ三ヶ月。凝縮されたエネルギーは作品を光り輝かせたが、作者から命を削った。

作品をひとつ彫り上げるたびに、サーシャは昏倒した。まだ十代だというのに彼女の肉体はボロボロで、そのままでは遠からず命を落とすことは誰の目にも明らかだった。だが無理に創作から引き離せば、彼女の精神が壊れてしまうこともまた明らかだったのだ。


そこで導入されたのが「人工冬眠カプセル」だった。もともとは宇宙飛行士用に開発された物だが、疲弊しきった肉体や精神を回復させる効果も期待される、当時最先端の医療技術だった。肉体を限りなく仮死状態に近づけることで基礎代謝を落とすのだ。

星間連絡船に乗る宇宙飛行士が年単位で冬眠する場合は目覚めた後のリハビリに時間がかかるが、技術の進歩もあり三ヶ月までの冬眠なら目覚めた直後から日常生活にほぼ支障がない。料金の方も、機械のメンテナンスや心身の監視モニターに金がかかる長期睡眠に比べ、短期間の場合はさほどの負担ではない。エステ代わりに数日の冬眠をする金持ちもチラホラ出てきた頃だった。

三ヶ月の冬眠に必要とされる費用は、ハイクラスのホテルに同期間宿泊するのと同程度だったし、サーシャの場合、すぐにスポンサーがついたこともあり、計画は実行に移された。

サーシャの生活は三ヶ月ごとの単位に区切られた。最初の三ヶ月は創作の為の充電期間。のんびりと生活を楽しみながら作品のモチーフを固める。次の三ヶ月は作品の制作期間だ。思い切り、作品と向き合って、心行くまで創作に没頭する。そして続く三ヶ月間、人工冬眠カプセルに入り、心身を癒す。

九ヶ月でワンシーズンだった。

「このサイクルならば、目覚める時期は三ヶ月ずつずれて行くから、サーシャは四季の全てを欠けることなく生きていけたのです」

最初の冬眠に入る前には非難の声もあったという。三ヶ月眠り続けるというライフスタイルは自然なものではない。それが彫刻家としての彼女の能力を最大限に引き出し、その心身の健康を守る為だとしても。だが冬眠から目覚めたサーシャが公の場に姿を現すと、少なくとも表立った非難の声は消えた。青白かった頬はほのかな桜色を取り戻し、パサパサで白髪さえ交じっていた髪は艶々と輝いていた。何よりもその瞳が、明るく力強く輝き、生命力に溢（あふ）れていたのだ。

ほんの幼い頃を除いて、それほど元気なサーシャの姿を誰も見たことがなかった。

そしてそのシーズン、サーシャが発表した作品を見て、今度こそ誰もが黙り込んだのだ。

長く深い睡眠はサーシャを癒し、生まれ変わらせた。


次のシーズン、サーシャは充電期間の三ヶ月を戸惑いながらも、ゆったりとしたペースで楽しむことを覚えた。初めての海外旅行にも出かけた。引き出しが増えたことで創作活動に幅が生まれ、サーシャが彫り上げる作品は、より強く、より繊細に、広がりを見せていった。作品に全身全霊を込める創作スタイルは変わらず、完成と共にサーシャはやはり前後不覚に陥ったけれど、冬眠カプセルがある限り、周囲の者たちは以前ほど心配しなかった。

全ては上手く行っていたのだ。回数を重ねるごとに、サーシャは三ヶ月ずつの生活サイクルに慣れ、以前にもまして意欲的に作品を生み出し続けた。

そうして何年も何十年も、サーシャは活躍し続ける筈だったのだ。

「けれど、悲しい事故があって、サーシャは目覚めることができなくなってしまったの」

解説員の言葉に、子どもたちがざわめいた。その事実はサーシャの伝記にも作品集の解説にも記されているし、事前学習の時間に教師からも聞いていたけれど、改めて聞かされると、まるで違う重みがあった。

サーシャは二十七歳で時を止めてしまった。


「じゃあ、その人は今も眠っているんですか？」

リラは思い切って解説員に聞いてみた。

「ええ。この美術館の地下に、誰も入ることができない部屋があるの」

リラは大理石の床に目を落とした。磨き上げられた硬いこの石の下に、彼女は一人眠っているのだ。

「その部屋には、誰も入れないの？」

「そうね。人工冬眠カプセルを管理する技術者を別にすれば、誰も」

「家族も？」

「ああ、そうね。サーシャのお母様はきっと会うことができるわね。でも彼女は、この町にはいらっしゃらないのよ」

「ふーん」

「この美術館で自分の作った作品に守られながら、サーシャは今も眠っているの。だから、みんなはかつて『雪姫』と呼ばれた彼女を、今ではこう呼ぶわ。『雪眠り姫』と」

雪にとざされた城で眠り続けるお姫さま。自分を目覚めさせる王子が訪れる、いつかを待っている。

「いつまで？」

リラは思わず声をあげた。

「いつまで、サーシャは眠り続けるの？　百年も、二百年も？　そんなの、可哀想だと思う」

声が高くなり、館内にいた人たちの視線が集まる。解説員が困ったように顔をゆがめ、引率の先生が慌ててリラの腕を引いた。

「やめなさい、何を言うんだ」

低い声で咎められるまでもなく、自分が言ってはならないことを口にしてしまったと気づいて、リラは息を呑んだ。

「ごめんなさい」

小さな声で詫びると、ぎこちなさを残しながらも展示室の空気が再び流れ始めた。

一人、初老の男性だけが何かを言いたそうに近づいてきたが、彼が話しかける前に、リラは引率の先生に展示室から連れ出されてしまった。

美術館は地上三階、地下一階建てだ。エレベーターにもそのとおり表示があるが、地下一階のボタンを何度押しても反応はなかった。リラは諦めて階段を探した。

午後には電車が止まるほどの雪になる予報が出たからか、入館者は数えるほどだった。

受付や警備員も普段よりずっと少なく、リラはこれ幸いと経路をそれて、地下への階段に向かった。「関係者以外立ち入り禁止」と書かれた立て札の前でウロウロしていると、靴音がした。

「そこで、何をしてるのかな？」

声をかけられて、リラは飛び上がった。慌てて振り返ると、そこにいるのはスーツを着た男の人だった。どこかで会ったことがある。

「ああ、君は」

男の人が先に答を見つけた。

「この間、サーシャが可哀想だと言っていた子だね」

そうだ。あの日、リラに何か言いたげだった男の人。あれから家に帰って、もらった美術館のパンフレットを見たリラには男の人の正体がわかった。この美術館の館長だ。

「あの……」

館長は少しの間、リラを見ていた。それから、微かに笑った。

「サーシャに会いたいのかな？」

リラはうなずいた。

「おいで、こちらだ」

そう言って、館長はきびすを返した。どういう気まぐれかわからないが、リラは慌てて後を追った。

館長はリラを促してエレベーターに乗った。さっき、いくらやっても地下一階のボタンが押せなかったエレベーターだ。館長はポケットから取り出した銀色のカードを階数ボタンの傍にあったスリットに通した。すると壁の一部がスライドしてテンキーが出てくる。幾つかの数字を押すと、エレベーターはゆっくりと降下し始めた。

「認証式になっている。このカードを持たない者は決して地下へは行けないんだよ」

館長はリラにカードを渡してよこした。銀色のカードの表面には無数の細かな傷がある。

「冬眠カプセルの技術者は交代制で二十四時間待機しているが、彼らも私の同行がなければ行き来はできない」

「サーシャのお母さんは？」

「あの人は亡くなった。解説員が知らなくても無理はないが」

エレベーターが止まり扉が開くと、押し寄せる冷気にリラは身を震わせた。美術館の地上階とは相当な温度差がある。

「地下は十二度を保っている。カプセル内部はほぼゼロ度なので外部もあまり温度を上げない方が良いそうだ」

廊下を進みながら館長が説明してくれた。


たどり着いた先は広い部屋だった。中央に銀色の細長い箱があり、傍にコンピュータの載ったデスクがある。デスクには白衣姿の男がいたが、館長とリラの姿を見ると立ち上がり、さらに奥にある小部屋に消えていった。

あそこにサーシャが眠っているのだろう。だが館長は部屋の入口で足を止めてしまった。そうなるとリラだけ先に行くわけにもいかない。戸惑って見上げると、館長は腕時計に目を落としていた。

「サーシャに会えるのは私だけかと、君は聞いたね。彼女の母親はどうなのかと」

館長はリラの手から、そっとカードを取り戻した。

「サーシャに面会することができるカードは二枚しか発行されなかった。一枚は私が持ち、もう一枚はサーシャの母親が持っていた。彼女は、夏に老人ホームで亡くなってね、遺言と共にカードは私の元に送られてきたんだ」

「遺言？」

「ある男にカードが渡ることを亡き老婦人は望んでいたのだ。それを彼に渡すことも、捨ててしまうこともできずに、ずっと持っていた。だが、君の言葉を聞いた時に心が決まった。だから、私は彼にカードを送った」

館長は目を閉じて、囁くように続けた。

「もうすぐ、その男が訪れるだろう。誰よりも、サーシャに会う権利を持った男だ」

「その人と約束しているの？　今日、ここに来るって」

だから、館長は待っているのか。

「雪が、公園のベンチを覆いつくすほど積もったら、サーシャに別れを告げようと決めていた」

「え？」

「私がサーシャと出会ったのも、雪の日だったからね。今では伝説になった、彼女が六歳だった雪祭りの日に、私たちは出会ったんだ。ずっと彼女を見守って来た。デビューしてからはマネージャーとして、誰よりも近く彼女を支えていると信じていたけれど……」

館長は、そこで言葉を切った。エレベーターの扉が開いて、また一つ足音が響いたからだ。

現れたのは一人の老人だった。入口からまっすぐエレベーターに乗ったのかコートの肩にはまだ雪の結晶が残っている。老人はリラにはチラリと視線を向けただけで、まっすぐに館長に歩み寄った。

「カードを受け取った」

互いに挨拶を交わすこともなく、老人は淡々と事実を告げた。

「三十年ぶりになりますか」

「あんたは、恐ろしいほどに変わらないな」

「あなたは、ずいぶん変わりました」

老人は小さな苦笑を浮かべた。それぞれに降り積もる時間については何も語らず、彼は周囲を見回した。

「初めて来たが、たいした施設だな。ここの金は誰が？」

「賠償金ですよ。美術館の方は入館料と寄付で運営していますが、さすがに人工冬眠装置の維持費までは足りませんから」

「事故は彼らの責任ではなかっただろう」

「ええ。ですがイメージを重視したのでしょう。あちらから申し出がありました。サーシャの生命維持に必要な全ての経費を持つと」

「そうか」

ゆらりと、老人が歩き始めた。まるで彼にこそ一番の権利があると言うように、館長は黙って後に続いた。

サーシャが眠りについているのは、銀色の棺にも似たカプセルだった。肩から上の部分は硬化プラスチックの覆いになっているから、眠る人の姿を見ることができた。

三十年の歳月が過ぎても、変わることのない様子で、彼女は眠り続けている。

「ああ、サーシャ。君は少しも変わらないね」

老人は、そっと手を差し伸べた。硬化プラスチックに阻まれ触れることができない少女の頬に。

「……本当に、生きているのか」

静寂を乱すことを恐れるように、老人は聞こえぬほどの声で囁いた。

「白蝋化した遺体を見たことがある。神々しいほど美しい女性の遺体だった」

リラも老人と同じことを思っていた。眠る人はあまりにも美しくて、作り物のようだった。二十七歳という年齢も信じられないほどに、まるで少女のまま時を止めてしまったようだ。プラスチック越しでは呼吸は感じ取れないし、肩から下は銀色の棺に隠されその胸が上下していることを確かめることもできない。

「サーシャは生きています」

館長が厳かに告げた。

「脳死でもなく、眠っているのです。だから彼女は夢を見ている。きっとサーシャの中では偉大な作品が今日も生まれているのでしょう」

「そうか」

「サーシャの母親は、あなたに自分の権利を残して死にました。サーシャに面会するためのカードを、そして今後の彼女をどうするかの判断を」

「一つ、聞いていいか？」

「何です？」

「サーシャの母親が死んだのは八月と聞いた。何故、今になって私に連絡を？　ああ、責めているわけじゃない」

「あなたがもし、サーシャに永遠の眠りをと選択するのなら、それは雪の日が良いと思ったのです」

老人の老いた手が震える。館長は言い添えた。

「ただの感傷ですが」

「あんたは……」

ふいに、老人の瞳に涙が溢れた。こぼれる涙は皺（しわ）深い頬を伝い落ち、愛しい人の眠る棺にはねた。

「サーシャを、あなたにお返ししますよ」

それだけを言い残し、館長は老人とサーシャに背を向けた。リラは慌てて後を追う。

部屋を出る時に振り返ると、老人はカプセルにしがみつき、吼(ほ)えるように泣いていた。

でもリラにはわかったのだ、ほとんど表情を動かさない館長こそ、胸のうちで激しく泣いているのだということが。

リラは館長の手を握った。びくりとした館長は、リラがずっと傍にいたことに初めて気づいたような顔をした。

「大丈夫?」

リラが聞くと、館長は静かに答えた。

「大丈夫だよ」


エレベーターが地上階に戻り、暖かな空気が身を包むと、強張った体から余計な力が抜けていく。リラが思わず、はあっと息をつくと、館長もつられたように小さく笑った。

「色々、驚かせてしまったね」

「あんな風に泣く男の人、初めて見た」

「彼は、三十年前には泣くことはなかった。たぶんずっと、サーシャのために泣くことはできなかったんだろう」

「三十年前って、事故があった時？」

「そう。サーシャが二度と目覚めることはないと宣告された、残酷なあの春だ」

館長は、リラを自分の執務室に連れて行ってくれた。

「彼のこと、君も名前くらいは知っているかな？」

「はい。ニュースで良く見ます」

「そう。この国のみならず世界を動かす力を持つと言われる財界の大物。美術館の運営も大半を彼の寄付に頼っているんだよ。彼は決して名前を出さないけれど」

「サーシャの恋人だったの？」

それにしてはずいぶんと年をとっている。老人の時間を三十年分巻き戻しても、サーシャと相応しい年齢には思えなかった。

「彼は確か私と同じ年だ」

二十は年上に見えた。

「出会った頃はあんなじゃなかった。三十年前、彼はクラブのピアノ弾きだったんだ。ただその日を音楽と共に生きていることで喜びを感じるような若者で、私の目にはいささか軽薄にさえ映ったものだ」

　リラのためにココアを運ばせてくれた館長は、自分はコーヒーのカップを手に窓辺に立った。リラにではなく、もっと遠い誰かに語りかけるように、彼の目は降る雪を追った。

「彼の軽やかさは、警戒する間もなく、あっさりとサーシャの心をさらってしまった。作品の為に見聞を広めるべきだと、サーシャに様々な遊びを教えた自分自身を、あの時ほど殴ってやりたいと思ったことはないよ。バーに行ったことがないと言う彼女を、軽い気持ちで行きつけの店に連れて行ったのは私だ。むろん、無茶な飲み方をしないように、おかしな男に声をかけられたりしないように、ぴたりとガードしていた。バーテン兼ピアニストが、唯一の誤算だった」

　どちらが先に惚れたのか、定かではない。ずっと後になるまで館長（当時はサーシャのマネージャーだったのだが）は、サーシャが一方的に熱を上げていて、遊びなれた男は適当に付き合っているのだと思い込んでいた。

「二人の交際に反対する気はなかった。ただ、積極的に賛成する気にもなれずにいた。サーシャの恋人には、彼女の芸術を理解しその制作活動を全身全霊で支える男こそが相応しいと思っていたからね。なんだったら無職でも構わなかったのに」

「ピアニストじゃ駄目だったの？」

「駄目というわけではないが、サーシャが聴く音楽はクラシックと決まっていて、男と付き合うようになっても彼の奏でるジャズに心惹かれたようではなかったし、男の方も美術に関心は薄いようだった」

だが彼との交際が、サーシャに良いインスピレーションをもたらしたことは事実だ。充電期間の三ヶ月間、サーシャは次の作品のためのアイデアを練るのだが、彼と出会い、触れ合う中で、こんこんと湧き出るイメージは、本人が戸惑うほど豊かなものだった。

「いつものアトリエじゃなくて、天井の高い場所を借りて欲しいとサーシャに言われて、私はアトリエを手配した。今はもう取り壊されてしまったけれど、駅の向こうに経営難で閉鎖された小劇場があってね。傾斜のある客席が扇状に舞台を囲むその劇場がサーシャの希望にぴったりだったんだ」

舞台だったため音響が素晴らしく、持ち込んだ音楽プレーヤーから気に入りの音楽を流し、サーシャは作品の世界に没頭した。後は彼女の世界だ。スタッフたちは日に数度、劇場を訪れ、サーシャの創作活動を妨げぬようひそかに様子を窺い、食料や生活用品を補充しておくのだった。

「ほんの時たま手を止めたサーシャと言葉を交わすこともあったが、基本的に創作中のサーシャは人であって人じゃない。受け答えはどこかぼんやりとしていて、彼女が私を私として認識していたかは不明だ。長い付き合いの私でさえそうなのだから、恋人とは言え出会って一月あまりの男など完全に意識の外だった」

館長はほっと吐息をついた。

「事実、作品と向かい合っていた三ヶ月の間、サーシャが男を思い出すことはなかった。男の方からはサーシャに連絡を取ろうとしたようだが、携帯電話もパソコンも、三ヶ月間は電源を落とされていた。二度ばかり、男は私のオフィスにも連絡を取ってきた」

サーシャは創作に入ったから連絡はつけられない。

館長は淡々と事実を告げたが、恋する男がそんな話に納得するわけがなかった。

サーシャが連絡を取りたがらないなんて、信じられない。百歩譲って、邪魔になるから会いに来るなと言うならわかる。だが一言の声すら聞けないなんて。あんたたちが軟禁しているんじゃないのか？

「その手の中傷は慣れっこだったから、私は何とも思わなかったが、彼があんまり興奮するので警備員が駆けつける騒ぎになってしまってね。その後も彼はサーシャのアトリエに侵入を試み、警察のお世話にもなった。私は幾度かサーシャに言った。恋人に声だけでも聞かせてやれと。だが完全に頭を切り替えてしまっているサーシャの耳には届かずに、連絡がされることもなかった」

「なんだか、可哀想かも」

「確かに、今なら私もそう思うよ。だが、あの時はサーシャを守ることで精一杯だった。彼女が作品とだけ向き合える時間を守ることが何よりも優先されるべきことだったんだ」

三ヶ月の創作期を終えて、サーシャが彫り上げた物が代表作となった翼ある馬だ。

いつものように倒れはしたが、胃に優しい食事を取り、一晩ぐっすり眠ったサーシャは、ようやく現実に戻ってきた頭で、恋人のことを思い出した。三ヶ月ぶりに電源を入れたパソコンにはメールが山と届き、携帯電話にはメッセージと着信履歴が延々と続いていた。

「サーシャはすぐにでも男に会いに行くと言ったが、そんなことを許すわけには行かなかった。彼女の体はボロボロで、三日後には冬眠カプセルに入るよう、全ての準備は整っていたのだ。それでも、私の制止を振り切って、サーシャは行ってしまった」

ちゃんと、明日には帰ってくるから。

そんな言葉を残して。

「あの時、男がサーシャに愛想をつかせて突き放していたのなら、話は簡単だったんだ。サーシャは傷つきはしただろうが、案外あっさりと諦めただろう」

「でも、そうじゃなかった?」

サーシャが恋人に拒絶されて傷つくことがなくて良かったと、リラは思った。だが館長の表情は暗い。

「ああ。あの男は、サーシャの全てを受け止めた。自分は芸術のためにしか生きられない。このままでは、何度でもあなたを傷つける。そう言って別れを告げたサーシャを、彼は抱きとめたそうだ。その身勝手な生き方も丸ごとサーシャだから、と」

「幸せだったと、思う」

リラはまだ十二歳で、恋が何かを本当には知らないけれど、そんな風に受け止めてくれる人がいて、サーシャはどれほど救われて、幸せだっただろう。

「ただ一つの我侭として、男はサーシャが冬眠に入る前に二人で旅をしたいと願い、サーシャはうなずいた。躊躇いなくうなずいたと、後になって彼が口にした言葉を嘘とは思っていない」

サーシャと男は、男の故郷である北の国へ向かった。一年の半分以上を雪にとざされる、海辺の小さな町だ。

サーシャが倒れたのは、白鳥の舞い降りる湖のほとりだった。

ドクターヘリで緊急搬送されたサーシャは意識を取り戻すことなく、そのまま人工冬眠カプセルへ送り込まれた。酷使された心身を癒し、三月の後に再び目覚めるために。

「サーシャが眠りについたのは十二月。だから、男は深い眠りにつく恋人に告げた。春になったら会いに行く、と。けれど、その春は来なかった」

人工冬眠カプセルにトラブルが起こり、サーシャは定められた時間に覚醒しなかったのだ。無理やりに起こすと神経の伝達にエラーが出る危険性がある。よって安全性が確認されるまで、サーシャは眠り続けることになった。

「……どうして？」

リラは聞いた。

「人工冬眠は安全だって、言ったじゃない」

それはきっと、激情した男が発したのと同じ言葉だったのだろう。まるで目の前にいるのがリラではなく、サーシャの恋人であるかのように、館長は冷ややかに答えた。

「緻密な計算と、それに従ったスケジュール管理の下でならばな」

リラはびくりと身を震わせた。きっと三十年前に、あの人がそうであったように。

「眠りにつくべき時に、眠りにつかなかった。体調も精神も十分なコントロール下になかった。それはカプセルの欠陥を認めたくない奴らにとって、けっこうな言い訳のネタとなったよ」

どちらに非があったか、追及することは不毛だった。サーシャは目覚めない。それが全てだ。

「二度と私たちの前に姿を現すなと、私は彼に言った。サーシャは私が守っていく。いつか目覚めるその日まで」

「あの人は、なんて？」

「何も言わなかった。ただ黙って出て行った」

そして三十年の時が流れたのだ。

三十年、男からの連絡は一度としてなかった。若き日のようにサーシャの居場所を突き止めて乗り込むような愚行を犯すことなく、彼は静かに身を引いた。

忘れようと努め、だが決して忘れることなどできず、館長は風の噂で彼の消息を知ったのだ。ピアニストの道を諦めた男は実業家として成功し、今ではこの国有数の資産家となった。独身を貫き、サーシャの作品を収めるこの美術館に多額の寄付を続けている。

「さあ、もうお帰り」

館長は窓辺から身を起こした。

「雪もひどくなりそうだ。今日は早めに閉館することになるだろう」

館長はリラを入口まで送ってくれた。

「サーシャは死んではいない。だからこそ金が続く限り、せめて自分が生きている限り、彼女の眠りを守りたかった」

美術館の地下にある静寂の間で、誰にも邪魔させることなく。

「けれど、同じように思っていると信じていたサーシャの母親は、いつか生命維持装置の停止を求めるようになっていたんだ。カードをあの男に残したことが、彼女の意思だ」

サーシャが「可哀想」とは、その人は言わなかった。ただ、優しく館長の背を押したのだ。

あなたには選べないでしょう。だから、もう重い荷物は下ろしていいのよ。

美術館を出ると、雪は激しさを増していた。子どもの掌ほどある雪の欠片が、風に煽(あお)られながらも次々と地上へ降りそそぐ。

公園のベンチは雪に埋もれていた。

地下室に残された男の選択を、リラは知らない。恋人の死を望むか、危険を覚悟の上で今すぐ目覚めさせるか、あるいは館長がそうであったように揺れる心を抱いたまま、現状を維持し続けるか。

でも館長は、もうサーシャに会うことはないのだ。この雪の日に別れを告げるのだと、彼は心を決めていた。彼にとってサーシャはただ一人の、永遠の眠り姫だったから。

リラの頭に肩に容赦なく降り積もる雪は、わずかな重さも痛みも与えてはくれなかった。雪はただ、地を目指して舞い降りる。ひそやかに水面を震わせ、羽を休める冬鳥のように。今もなお眠るあの人が心に抱く白き翼のように。

＊＊＊＊＊＊

「あの日も雪が降っていた」

物語を終えて、すっかり冷たくなった紅茶を飲んだリラが、ふとつぶやいた。

「私の故郷はここと気候が似ていて、冬でも雪はあまり降らないのだけど、どうしてかしら、思い出すのは雪の日のことばかり」

リラに初めて会った時、幼馴染を連れて行ってしまう雪の女王のようだと感じたことを、楓は思い出した。

陽にあたることがないかのような白い肌と、硬質な美貌、リラが全身に纏っていた周囲を拒絶するような気配のせいだ。彼女は女王のように優美で、誇り高く、傲慢に見えたのだ。

店を訪れてすぐリラが冷たい人などではないことはわかったし、最近では楓に見せてくれる表情も驚くほど豊かだ。それでもなお、彼女は冬の空気を纏っている。

「このカード、楓さんにあげるわ」

リラは思いがけないことを言った。

「彼には内緒ね」

商品として仕入れた物を勝手に人に譲るから？

「そうじゃないわ。これはコーヒー一杯ほどの値段で売られていて、たぶんそれくらいの価値しかない物だと思う。私も仕入れではなくて、ただそんなに安く誰かに買われるのが嫌で手にしただけ。サーシャ・スミルノフの名も、彼女の作品も消えることはないけれど、彼女がかつて眠りについていた場所に続くキーなんて、誰にも価値のない物だもの」

リラが差し出したカードを楓は受け取った。最初に手にした時とはまるで違う重みを感じる。このカードの元の持ち主は、館長だったのか、サーシャの恋人だったのか？

サーシャは目覚めることができたのか？

そこまで考えて楓は頭を振った。いつの間にか、リラの話に取り込まれていた。

「……作り話、ですよね？」

以前にリラから聞いた蜻蛉玉が好きな目の神様の話や、眼球堂の店主が話してくれた呪われたレースの話は、昔にあった出来事だ。人々が語り継いできた物語。でも今の話はまるで現実味がない。

　人工冬眠装置は実用には遠い技術だし、サーシャ・スミルノフという彫刻家の名を楓は初めて聞いた。

　二人で店を訪れた時、

「骨董品に纏わる話なんて、商品価値を吊り上げるための作り話に決まっている」

　そんな失礼なことを口にした春樹に対して、信頼に足る形で伝えられてきた来歴しか告げないのが自分たちの店の方針だと、リラは答えたのに。

　楓は無意識のうちに、携帯電話につけた蜻蛉玉のストラップに触れていた。

「少なくとも、私が作った話ではないわね」

　リラははぐらかすように微笑んだ。

「私はこの話を彼に語って聞かせるの。彼には、それが真実か確かめる術はない。だから、この話は彼にとっての真実になる」

　それは信頼だろうか？　どこか歪んだ依存だろうか？

「彼には内緒と言ったのは、私がどこに行ったか秘密にしておきたいからよ」

「どうしてですか？」

「心配するから」

「危険なところなんですか？」

「んー」

リラははぐらかすように首をかしげてみせた。

「あそこだけが特別危険な場所だとは、私は思わないのだけど」

ここもまた。ということだろうか。午後の陽ざしの中アフタヌーンティーを楽しむ優雅な、このひと時も？

「だから、これは楓さんが持っていて。要らなくなったら捨てても良いから」

リラの白い指先が、カードを持つ楓の手をそっと握った。それはひんやりとしていて、やはり雪を思わせる。

「わかりました」

楓は言った。リラの語る物語を聞いて、銀色のカード自体に心惹かれたのは事実だ。だがそれよりも、リラが辛そうに見えたから。

思い出に繋がるカードを捨てることができず、かと言って店に持ち帰り店主に見つかることも避けたい。楓に預けておけば都合が良い。そんな打算があったとしても構わないと楓は思った。

「何と言うか……目が回りそうに忙しいけど、ある意味平和だよな」

美術室を見回しながら部長の西野が、しみじみと言うのに、楓は大きくうなずいた。

文化祭まで後三日。準備作業は追い込みにかかっている。美術室の机を全て空き教室に運び、広くなった空間にパーテーションを立ててそこに部員の描いた作品を飾っていくのだ。レイアウト及び設営の責任者は春樹で、最初はどうなることかと思ったが、最近ずいぶん人間味が出て来た彼は真面目に下級生に指示を出し作業を進めている。

「西条先輩、このパネルもう連結しちゃっていいですか？」

トレーナーの袖を肘（ひじ）までまくりあげた陽菜の声に、春樹は視線を向けた。

「ああ、ガムテで仮留めしといて。後で僕と部長で留めるから。それ終わったら、布をサイズに合わせて切っていって」

「はい！」

愛想はないがちゃんと受け答えをする春樹を前に、女子たちは実に楽しそうだ。

楓は手元のチェックリストに目を戻した。美術部が請け負った作業に漏れがないか確認していく。正門アーチ、商店街のポスター、天文学部の展示レイアウト、文芸部の部誌。順調にチェックがついており、残るは本命である美術の展示作業だ。

「悪くないよな、最近の西条」

ノートパソコンに向かって展示物のリストを作成していた西野が言った。

「なんかあった？」

「ええ、まあ……」

楓たちより一学年上の部長は、春樹が長く部活を休んでいた事情を知る数少ない人物だ。

「そうだ。小山に頼まれていた探し物だけど」

西野が鞄から取り出した物を見て、楓は息を呑んだ。

「これだろ？　探していた画集って」

「どこに？」

「リサイクル紙の山に積んであったから拾っておいた」

表紙カバーが少し破れてしまっている画集がテーブルに置かれた。布張りの装丁がされた大判の画集だ。

「こんな立派な画集、なんでゴミと間違えるかなあ」

楓は画集を手に取った。間違いない。春樹が一年前に傍らに置いていた物だ。手ずれのした表紙を開きパラパラとめくっていくと、開きぐせのついたページがあった。眼球堂で見たタペストリーと同じ図案、春樹が最後に描いていた絵だ。

「これ、西条の本？」

「そうだと思いますけど」

ずいぶん古い物だし、中学生が買うには高価そうだ。図書館の蔵書かもしれない。何気なく背表紙をめくった楓は奥付に添えられたサインに息を呑んだ。青いインクで書きこまれているのは模式化された眼球だ。

このデザインを楓はごく最近、目にしていた。

「これって……」

楓は財布から一枚のカードを取り出した。リラから貰ったカードだ。彼女が話してくれた物語の中で、眠り続ける女性の元へ続く扉を開く鍵。

「へえ、変わった蔵書印だな」

画集に書き込まれたサインと、カードの刻印は同一のものだった。これはいったい、どういうことだろう。

「何のマークだ？　秘密結社みたいだな」

楓の手元を覗き込んだ西野がうきうきとつぶやく。

「秘密結社って……」

何を子どもみたいなこと言っているんですか。忙しいんだから手を動かしてくださいよ。

そう続けようとした言葉が喉元で止まった。目の前に影が落ちたと思った瞬間、楓の手から乱暴に画集がもぎ取られた。

「ごめん、これは……」

「……会ったのか？」

喉に絡まるような声で聞いたのは春樹だった。顔色は蒼白で、画集を抱いた両腕が細かく震えている。

「え？」

「あの男に会ったのか？」

春樹は畳みかけるように聞いてくるが、楓には何のことだか少しもわからなかった。

「誰のことを言っているの？」

春樹はギリリと唇を噛みしめた。息の詰まるような沈黙が落ち、ふいに春樹が身を翻す。

ふわっと、風に流される木の葉のような儚さ(はかな)で出て行ってしまう春樹を、誰も引き留めることはできなかった。

「帰っていいよ、小山」

「でも……」

学園祭に向けての準備作業は大詰めを迎えている。副部長である自分が抜けていいのか。

躊躇う楓の背を西野の言葉が押した。

「今の西条を放っておいては駄目な気がする」

「ありがとうございます」

楓は鞄を取って美術室を飛び出した。


「ああ、楓ちゃん」

インタフォンを押すと、待ち構えていたというように春樹の母親が飛び出してきた。

「西条君、いますか？」

「あの子、様子がおかしくて。真っ青な顔をして帰ってくるなり部屋に閉じこもってしまったの」

春樹の母に腕を引っ張られるままに、楓は靴を脱いで幼馴染の家に上がり込んだ。春樹の母はすっかり動転してしまい、楓に縋りつかんばかりだ。

「楓ちゃん、何があったの？　せっかくもとの春樹に戻ってくれたと思ったのに、また……」

「ちょっと話してみます」

二人だけにして欲しい。そう言い置いて、楓は二階にある春樹の部屋に向かった。

「西条君」

「入るな！」

声をかけると、ヒステリックな声が答える。部屋に鍵がついていないことはわかっている。

それでも春樹の母は入ることができなかった。

「入るよ、春樹」

楓は迷わず押し入った。

扉を開けた瞬間、強い風が吹き抜けた。開け放たれた窓枠に春樹の姿があった。窓の外に
背を向けて腰を下ろし、こちらを睨みつけてくる。ギラギラと光る目には落ち着きがなく、
呼吸は不自然に荒い。

楓はできる限り冷静に言った。

「二階から飛び降りたって死なないよ」

頭から落ちれば別だが。

楓はドアを閉めてそこに背を預けた。春樹の母親がやって来ては騒ぎは大きくなるばかりだ。それ以上近づく気はないと示すと、春樹の呼吸が少しだけ静まった。

「ねえ、春樹。この一年ずっと、何があったか私は聞かなかったよね」

楓はゆっくりと言った。

「春樹が忘れたくて忘れたことを思い出させるのは良くないと思ったし、もとの春樹に戻ってくれたならそれだけで良いって思っていたから。でも、それ、もう止めるから」

コクリと、春樹が小さく息を呑んだ。

「だって春樹、あの店に行ってから、少しずつ思い出しているでしょう？」

もしかしたら最初にリラに声をかけられた時から。春樹は少しずつ記憶を取り戻していて、一人で苦しんでいる。

「何を抱えているのか知らないけれど、それを背負って、これから先ずっと生きていける？」

「これから、ずっと、生きていく？」

春樹がおぼつかない声で聞いた。楓はうなずいてみせた。深く、しっかりと。春樹の心に届きますように。

「誰かに吐き出すなら、私が一番だと思わない？　生まれた時から傍にいて、今更格好つける相手じゃないでしょ。私は春樹に、幻想抱いていないし」

長い、長い沈黙の後で、春樹の唇が震えた。

「僕は……」

その声は掠れて小さかったから、ちゃんと受け止めようとして楓は思わず一歩動いた。怯えたように身を引いた春樹がグラリとバランスを崩す。

「春樹！」

楓は上手く動けなかった。膝に力が入らず、数歩よろめいて手を伸ばすばかりだ。

傍らを、風のように通り過ぎた人影があった。人影は窓辺から春樹の体を引きずり戻した。

「え？　何で……」

扉から入ってきたのは眼球堂の店主とリラだったのだ。

「話は後だ」

店主は軽々と春樹の体を抱え上げた。目を閉じたまま春樹は動かない。

「行くぞ、リラ」

うなずいたリラが扉を一度閉め、そして再び開けた時、そこに広がっているのは春樹の家の廊下ではなくて、もはや懐かしさすら感じるようになった骨董屋だった。

「あいつに声をかけられたのは去年の三月だった」

春樹は、ため息のように力ない声で言った。

意識を取り戻した彼は随分落ち着いていて、顔色こそ優れないものの窓から飛び降りかけた時のような衝動的な危うさはない。ただ疲れ切って、傷ついているのだ。

自分の部屋で楓と話していたのに、どうして眼球堂のソファに座っているのか、春樹は少しも疑問に感じていないようだった。そこまで外界に興味がないのだ。

リラが入れてくれた甘い紅茶をゆっくりと口に運び、嵐から助け出された幼子のように春樹はおずおずと、そこが安全な場所であることを確かめていた。だから楓は辛抱強く、彼が言葉を発してくれるのを待った。

眼球堂の店主やリラはこうした事態にはなれているのか、春樹のことを優しく放っておいてくれるのが救いだった。

「あいつって?」

ようやく春樹が口にした言葉を取りこぼすことがないように、楓は静かな声で慎重に聞いた。楓の問いかけには答えず春樹は話を続けた。

「絵画教室の帰りだったんだ。木村（きむら）先生に中学に入ったから教室は卒業ね。寂しくなるわって言われて」

＊＊＊＊＊＊

木村先生の教室は、楽しく自由に描こうがモットーの幼児コースから、美大受験生向け専科コースまで、幅広い生徒を受け入れている地元では有名な絵画塾で、春樹はそこに保育園の時から通っている。

保育園に馴染めず一人でお絵描きばかりしている息子を心配した母親が、好きなことを習わせて自信をつけさせよう、上手くいけば友達もできるかもしれない。と考えて春樹を連れて行ったのだ。当時、姉弟のようになんでもお揃いだった楓も一緒に通い始めたが、彼女は小学校入学と同時に辞めてしまった。

春樹は描くことが楽しくて、珍しくも自分から「楓ちゃんが辞めても、僕は続けたい。一人でも平気」と言って、両親を喜ばせた。

教室は週に一度だったけれど、家で描いた絵を持って行くと先生は何枚でも丁寧に見てくれた。中学校に入学してからも変わらないと思っていたのに。

「ここは、ほら、小学生までだから」

木村先生は、おっとりと微笑んだ。

「寂しくなるけれど、描くことは続けてね」

「でも、僕……」

思いがけない言葉に、春樹は戸惑った。

「ずっと通おうと思っていて。中学生からは、大人と一緒のクラスになるんですよね。夜遅くなっちゃうけど、それは、お母さんも許してくれるから」

「……ああ、そうなの」

木村先生は言葉を探しているようだった。

「でもね、中学生以上のクラスは、美術系の高校や大学を目指す為のコースなのよ。基礎のデッサンからやり直して、美大合格レベルまで持って行く厳しいカリキュラムだし、お月謝も高くなるわ」

春樹が美大進学を希望しているなど、木村先生はチラリとも思いいたらなかったのだ。将来、イラストレーターになりたい。幼馴染の楓にしか話したことがない夢だ。

「ご両親とも相談してね。描くことは素晴らしい趣味だから、良かったら知り合いの教室を紹介しますよ。描きかけの絵を仕上げるまでは、通ってくれてかまわないし。そうね、四月一杯ということにしましょうか。もちろん、その分のお月謝は今まで通りで良いのよ」

あくまでも生徒を思いやって言葉を綴る木村先生から逃げるようにして、春樹は教室を後にした。

自分には、才能がない。

木村先生の善意と思いやりは、残酷に真実を突きつけた。春樹は絵を描くことが好きで、その純粋で子どもらしいひたむきさは先生に好まれたけれど、プロの目で見た時画家である先生を引きつけるものを春樹は持っていなかったのだ。

「綺麗な色ね」

「優しい絵だわ」

「どんどん描いてみてね」

優しげな言葉の裏で、春樹は憐れまれていたのだ。

この子には絵の才能はないけれど、こんなに好きなのだもの。子どものうちは良いところだけ誉めて、楽しく描かせてあげましょう。

きっと、木村先生はそう思っていたのだ。

そのうち、この子も身の程を知るでしょう。そんな風に。

まっすぐ家に帰る気持ちになれずに、春樹は児童公園に寄った。誰もいない公園のベンチに座って、鞄からスマートフォンを取り出す。中学入学祝いに買って貰った物だ。

まだ上手く操作できないが時間をかけて、春樹は絵画投稿サイトにたどり着いた。半月ほど前から、そこに自作のイラストを投稿していたのだった。

描きためていたもののうち自信を持って選んだのは、秋に死んでしまったペットの文鳥と、夕暮れの児童公園、アンデルセンの童話をモチーフにした幻想画の三作品だ。

けれど投稿して半月、何の反応もないままだった。評価やコメントがないだけならまだしも、誰かが見た気配すらない。幼馴染の楓には何となく言い出しそびれて、唯一の鑑賞者であり理解者である彼女の意見を聞くこともできない。

「あ……」

スマートフォンを操作する指が震えた。三枚の絵全てにコメントがついている。春樹の絵を見て感想をくれた人がいるのだ。

期待に高鳴る胸を抑えながら画面をタップし短いコメントに目を走らせた春樹は、ふうっとため息をついてベンチの背もたれに頭を預けた。

「レベル低。鳥の骨組を理解していない。羽毛に質感がない。プラスチックの玩具みたい」

「逆光がいい加減。雰囲気だけで描いてる。自分に酔ってる？」

「どっかで見たような……平凡」

指先が冷たくなってスマートフォンを取り落としそうになった。慌てて握りしめたそれを鞄にしまう。体が重くてベンチから立ち上がる気持ちになれない。

「帰らないと」

いつの間にか、陽が落ちていた。

帰ったら両親に木村先生から言われたことを伝えなければならない。父も母も一人っ子の春樹には何でも好きなことをさせてくれたから、春樹がどうしても木村先生の教室に通い続けたいと訴えれば高額な月謝を出してくれるだろう。

でも先生が望んでいないのに通い続ける度胸はなかった。では先生が紹介してくれる別の教室に移ろうか。それとも、やめてしまおうか。絵画教室も……描くことも。

「失礼」

ぼんやりとしていた春樹は、その男がすぐ側に来て話しかけてくるまで彼がそこにいることに気づかなかった。

「西条春樹君ですね？」

この人は誰だろう？　日本人じゃないみたいだ。前に会ったことはない筈なのに、なんだか懐かしいような気がする。僕の味方、のような気がする。

「君は世の中の真理を見抜く特別な目を持っている」

男は厳かに言った。

「見えるものを見えるように描けずにいるのは腕が悪いわけではなく、バランスの問題に過ぎない」

「……バランス？」

「そう。ほんの少しだけ調整してやれば良い」

すうっと、男の指先が伸ばされた。反射的に身を引きかけて、春樹は踏みとどまった。

男のひんやりとした指が額に触れた。

「本当に描きたいものは何か？」

暗示にも似た低い囁きが鼓膜を震わせた。

「欲望を解き放て」

その声が届いた時、胸の奥がかっと熱くなった。

綺麗なもの、可愛いものばかり描いてきた。それは確かに春樹自身の望みだった。でも淡い色使いや、花や鳥、子猫といったモチーフを誉められ続けていくうちに、それ以外のものを描いてはいけないような気持ちになっていたのも本当だ。

木村先生はいつも、春樹の絵を「綺麗」と誉めてくれたし、母親は印象派の絵画を好んだから息子にもそうした絵を求めた。

春樹は自然に、濁った色合いや、美しくないモチーフを避けるようになっていった。たとえば兎を描くなら、元気溌剌とした子兎が望ましい。目はくりっとして艶やかで、毛並みは白くふわふわでなければならなかった。泥や糞で汚れていたり怪我をしていたり、疲れ果て老いた兎では駄目なのだ。

春樹は、本当に時おり、そういうものを描いてみたくなる。

初めて会ったはずなのに、この男は春樹のことを理解してくれている。そして力を与えてくれるのだ。

「君の新しい世界、楽しみにしていますよ」

囁きとともに、男は春樹の掌に一枚のカードを滑り込ませた。深いグレーの名刺には男の名前と不思議な文様が一つだけ刻まれていた。

描きたいものを描いてみよう。男が立ち去った後の公園で、春樹は心を決めた。

ずっと心から離れない悪夢のワンシーンだ。凄惨で救いがない終末の世界。

それまでのように透明水彩絵の具やパステルで表現できるとは思えずに、春樹は初めて油絵の具を手に取った。画材の使い方を調べる間も惜しくて、思いつくままにキャンバスに絵筆を叩きつけた。

油絵の具は匂いもきついしキャンバスも大きく場所をとるから、自室で作業ができず中学校の美術室で描くことにした。常に部員が足りずにいる美術部は春樹を歓迎してくれた。

それから一週間、春樹は夢中でキャンバスと向き合った。朝のホームルームが終わると教室を抜け出して美術室に籠り、放課後、見回りの教師に追い出されるまでそこにいた。昼は心配した楓が差し入れてくれたおにぎりやサンドイッチをむさぼり食った。

それまで、一枚の絵にこれほどのめり込むことはなかった。

春樹はもともと極めて教師の受けが良い優等生だったから、豹変（ひょうへん）した行動も彼が描き上げた作品も物議を醸すこととなった。

中学生になりたての子どもにしては、あまりにも過激で、反社会的な思想の持ち主。

教師たちは春樹に新たなレッテルを貼った。だが、その作品に恐ろしいまでのエネルギーがあることだけは認めざるを得なかった。

「天才ですよ！」

美術教師であり美術部顧問の宮本先生は興奮に顔を赤らめて力説した。

「十年に一人、金の卵です。一週間、二週間の授業の遅れなど、問題ではありません。この才能をつぶすようなことがあってはならない」

中学校に呼び出された母は、春樹の絵を見て泣いた。

「こんな絵を、春樹が描くわけがありません！」

彼女がその絵を嫌い、描いた我が子をどこか恐ろしいように感じているのは伝わってきたが、春樹は傷つかなかった。

その絵が見る者の胸に負の感情を呼び起こすものだとしても、綺麗なだけのつまらない絵よりずっとマシだ。自分が描いた絵には力がある。春樹はそう信じることができた。

担任の教師や母が、それまでとまるで違う目で自分を見ることには平然としていた春樹だが、幼馴染の少女の反応だけは少しばかり気にかかった。

「すごい絵だねえ」

楓はあっけらかんと言った。

「春樹が描いたなんて、ちょっと信じられないけど」

驚くべき率直さで、楓は誰もが口にできなかったことを言ったのだ。

「春樹、こういう絵も描きたかったんだ」

「好きじゃないだろ？」

「まあ、好きか嫌いかって聞かれたら好きな絵じゃないけど……春樹が本当に描きたいなら、どんどん描けば良いよ」

それは寛容だったのかもしれない。だが春樹は楓の言葉に突き放されたような気持ちになった。楓には、その絵が好きだと言って欲しかった。丸ごと全部を肯定して欲しかった。

それで、春樹は楓を遠ざけるようになったのだ。

もともと友人は多くない。楓を遠ざけてしまえば、春樹は一人だった。

誰の言葉も胸に届かなくなった時、あの男は再び現れた。エディス・グレイの画集を差し出して彼は言った。

「この絵を模写して欲しい」

葡萄の蔦(つた)が特徴的な一枚の絵だった。

「これは扉の影だ。この町のどこかにある本物の扉と引き合う」

その時にはもう、春樹は男の話を荒唐無稽(こうとうむけい)とは思わなかったし、自分にその力があることを疑ってもいなかった。

エディス・グレイの作品の中でも、幻と言われた一枚の絵。それは絵ではなくタペストリーだったのだけれど、春樹に画集を渡した男は、その行方を追っていた。春樹が彼の目で見た通りをキャンバス上に再現すれば、それはエディスのオリジナルと引き合うと彼らは考えたのだ。きっと、それは正しかった。

＊＊＊＊＊＊

「僕は、男の考えていることが薄々感じられた。でもそれが何を引き起こすか、知ろうとはしなかった」

春樹はエディス・グレイのタペストリーを描き、男が願ったようにその絵はこの店にあるタペストリーの存在を何らかの形で彼に知らしめたのだ。用済みとなった春樹は捨てられ、リラには敵の手が迫った。そして、店は焼かれた。

「僕が、あなたたちを売ったんですね。偽りの才能と引き替えにして」

「それとは知らずに」

リラが静かに言った。

「あなたに責任はないわ」

はっきり言い切るリラに、眼球堂の店主は微かに目を細めたものの何も言わなかった。

「でも……」

「むしろ、あなたには感謝している。これまで雲を掴むようだった敵の正体に近づくことができたから」

リラは白い指先でエディス・グレイの画集に記されたサインをなぞった。

「男から貰ったという名刺は今も持っているの？」

「いえ」

春樹は力なく首を振った。

「覚えていないけれど、捨ててしまったのだと思います。画集も処分しようとしたみたいだし」

「そう」

「でも、あの男は日本人じゃなかったと思います。はっきり覚えていないけれど、名前は確か、エティアスと」

「……エティアス？　エティアスと名乗ったの？」

リラがあえぐように聞いた。彼女がそんな風に動揺する姿を楓は初めて見たかもしれない。

「ぼんやりとしか覚えていないけれど」

「そう」

リラのつぶやきは、ほとんど聞き取れないものだった。

「あの男が」

扉は再び春樹の部屋に繋げられた。

「あの子、大丈夫かしら」

悄然と去っていく春樹の背を見てリラはつぶやいた。青年の答えを待たずに続ける。

「きっと大丈夫ね。楓がついているし」

気まずい沈黙が店を支配した。

「……エティアスとは誰だ？」

「博士と私がいた世界の実業家」

リラは誤魔化すことなく答えた。

「子どもの頃に一度会ったことがあるの。その時は彼はただビジネス界の成功者で豊富な財力を持つ一人の男に過ぎなかった。でも、あれから時が過ぎて彼はきっと政財界に絶大な影響力を持つ、いいえ自ら先頭に立って博士を追いつめ私を追う者となった」

人の眼を模したマーク。あれはもともとサーシャの人工冬眠装置を維持する企業のものだった。彼女の恋人だった男がそのマークを名刺に刷り込んでいるということは、恐らく買収をしたのだ。

何のために？

サーシャの眠りをより強固に守るためならば良い。だが恐らくは、彼はサーシャを強引に目覚めさせ、そのことで彼女の肉体を損ねる結果となったのだ。

青年がなおも責めたてるように聞いた。

「あのカードは？　楓が持っていたカード。同じマークがエディス・グレイの画集に描かれていた」

「男の財団の名称がアイズ。以前は単なるシンボルに過ぎなかったけれど、そこにもまた意味が生まれたようね」

恐らく、サーシャが奪われたのは視力だ。芸術家として死をも意味する悲劇は、彼女の恋人の選択の結果だった。だからこそ、彼は誓ったのだろう。

サーシャの目を取り戻す。その為に手を汚しても、道を外れても。

「どうやってカードを手に入れたかと聞いているんだ」

「手に入れたのは偶然よ。あの世界のジャンク屋で偶然」

「行ったのか？　元の世界に」

青年が珍しく声を荒らげたが、リラは平然とうなずいた。

「ええ、行ったわね」

「いつの間に、そんなことを」

「いつまでも、あなたに拾われたばかりの何もできない子どもじゃないわ。いったいどれだけの長い間、時空を旅していると思っているの？」

何十回、何百回と旅をして、データを取り検討し、リラは偶然に頼るのではなく意図通りの場所に飛ぶことができるようになっていたのだ。

「そうか」

疲れたような吐息をついたが、今更、指輪を返せとは青年は言わなかった。

「それでも、あのカードを手に入れただけでは何も起こらなかった。その日、偶然、楓に会って思い出話をすることがなければ、エティアスの名を思い出すこともなかったでしょう。そう思うと、あの子はやっぱり不思議な子ね」

「君はそうやって、私に隠し事ばかりする。いったい私という存在は君にとって何なのだろう」

青年の言葉に、リラは唇を噛みしめた。ずっと触れずにいたこと、互いに踏み越えずにいた一線を彼は越えようとしている。

幸せになってはいけない。誰かと共に歩む明日を夢見てはいけないのに。

「それは私の聞きたいことよ」

手に入らないものならば壊してしまえ。リラはことさらに冷たい声を出した。

「あなたにとって私は、あの子の身代わりなのではないの？」

「あの子？」

「柚香」

「……馬鹿なことを」

青年はふいをつかれたというように、言葉に詰まった。

「君と暮らしてどれだけたつと思っているんだ。柚香と会ったのは、ほんの一年前のことで」

一年前、眼球堂に彷徨い込んで来た一人の少女を、リラは思い出す。

彼女は骨董品に秘められた物語の声を聞く力を持っていた。その力をもって、柚香は眼球堂の店主と取引をしたのだ。柚香は店にある品のうち来歴のわからない物が秘めた物語を読みとり、店主はそれを買い上げる。

十分な対価がたまったら、柚香に引き渡されるのは彼女が何より望んだ健やかな目だった筈。

柚香は自ら物語を紡ぐ喜びを知り、力強く歩を踏み出した。今でも時おり、柚香はさくらのデパートを訪れて、かつて眼球堂があった一角に佇(たたず)むことがある。けれど彼女の目に二度と眼球堂の扉が見えることはないだろう。

リラは実際、幾度か柚香とすれ違ったことがあるのだが、彼女はそれと気づくことはなかった。

「柚香ですら身代わりなのかもしれない」

リラは小さな吐息をついた。

「物語を聞き取る者。あなたが求めている運命の女性は、そういう人なのでしょう？　あなたが私を拾った後で面倒をみてくれたのは、私にその才能があると思ったから。残念だけど、私は違うわ」

何か言い掛ける青年を遮って、リラは続けた。

「私は確かに便利な力を持っているでしょう。時代も国も関係なく、物語を集めてくることはできる。でも、私には、あの子のように物語を聞き取る力はない」

リラの言葉に青年の手が震えた。

「ねえ、これまで話してきたことが全部、私の作り話だとしたらどうする？」

「何を……」

「元の持ち主から聞いた話でもなく、私が勝手に作り上げた嘘の物語かもしれないわよ。それでも、あなたは私が必要だと言える？」

リラはコートのポケットから布に包んだ拳（こぶし）ほどの大きさの品を取り出した。

「眼球模型か？」

テーブルに置かれた物はプラスチック製の眼球だった。だが眼球模型ほどにリアルではなく、羽根のようなものがついている。

「さあ、どうかしら」

リラは冷ややかに笑った。

「まだ話を思いついていないから、なんとも言えないわ」

放り出すようにそう言って、リラは青年に背を向けた。


高ぶっていた気持ちが収まると、襲ってくるのは後悔ばかりだった。リラは幾度も躊躇ってからようやく、勇気を出して店舗への扉を開けた。ロンドン時代から変わらず、青年はそこを書斎として使っているのだ。

灯りは半ば落とされ、店舗は静まり返っていた。

足音を忍ばせてソファに近づくと、そこに深く身を沈めたまま青年は眠っているようだった。リラは向かいのソファにそっと腰を下ろして、テーブルに残された眼球に目をやった。

もともとは白かったであろう表面はセピアに染まり、薄いひび割れが認められた。羽根の部分は少しきしむものの、動かすことができた。

眼球全体は玩具のようにデフォルメしてあるが、虹彩と瞳孔は極めてリアルで、そこはカメラになっているようだった。

その目が抱く物語を、リラは考えた。

かつてこの店を訪れた少女は、骨董品が抱く物語を聞いた。品々が訴える声に耳を傾け、その瞳で幻想の世界を見ることができたのだ。リラも長くこの商売にかかわってきたが、あの少女と同じ才能を持つ者を他には知らない。客にしても、同業者にしても。

そして青年が、柚香の持つ能力に執着し、それを自分の中にも求めていると、リラは気づいていた。彼にとっては、それは求め続ける運命の女性のようだった。

リラがこれまで青年に語ったことは、骨董品の所有者の間で語り継がれた物語であり、文献や資料から知りえた事実であり、時にはそれらを素材にリラが組み立てた物語だった。けれどゼロから勝手気ままに創作したことは一度たりともない。

それを青年が信じてくれるかどうか、もはやわからないけれど。

いくら、眼球型の玩具らしきものを見つめても、物語は浮かんでこない。ため息をついて立ち上がろうとした時、ふいに青年が目を開けた。

「起きていたの？」

だとしたら、性格が悪い。

「夢を見ていた。いや、思い出していたんだ。君を初めて時空の旅に送り出して、戻らないかもしれないと思いながら過ごした幾つもの夜のことを。君が無事に戻り、仕入れた品について語りだした時、私がどれほど嬉しかったか。君には、一生想像つかないだろうが」

拗ねたような口調がおかしくて、リラは頬を緩めた。

「私にとって、君が語る物語が真実だ」

青年は静かに言った。

ふいに泣きたくなって、リラは唇を噛んだ。

「おいで。この品に隠された物語を二人で考えよう」

「作り話？」

「いや、想像してみよう」

二人は並んでソファに腰を下ろした。

「飛ばして遊んだのかしら？」

「玩具にしては精密なように思われる」

「じゃあ、ドローンのようなものだったのかしら」

「目の形をしているところを見ると、監視用の？」

「ああ、そうかもしれないわ」

＊＊＊＊＊＊

目覚ましを止めて起き上がると、奴が充電器から離れる気配がした。二つの羽根を動かし飛ぶが、ほとんど無音だ。

「今日も一日、俺の見張りか。ご苦労だな」

ドローンと言えばミツバチの羽音、あのブーンという音を語源にしていると言われるが、眼球型ドローンは静音を売りにしている。二十四時間ぴたりと張り付いている物だから、せめて物理的な意味での煩さだけは何とかしたいという、先人たちの努力の結晶だ。

起床から就寝まで、厳密に言えば就寝中の生理的変化まで、ドローンは俺たちを監視し、記録し、報告をしている。コンピュータに送り込まれる膨大なデータがリアルタイムでチェックされ都度行動に制限がかけられることこそないが、何か事が起これば遡って行動を探られる。

推奨されていない図書を閲覧していないか、政権批判に繋がる不適切な発言はないか、信号を無視して道路を横断したことはないか。人の記憶のように曖昧だったり融通をきかせてくれることもなく、温情もない監視ドローンがお付きになって、俺たちはずいぶんとお行儀よくなった。

機械的に洗顔を済ませて朝食代わりのサプリを飲むと、俺はフロア三つ上にある職場に向かった。今日はどうにも気の進まない仕事が入っている。

「おはようございます！」

オフィスに足を踏み入れるなり、無駄に元気の良い挨拶が飛んできた。二週間前配属されたばかりのローナンだ。俗に一種と呼ばれる上級官僚試験の成績はトップで、どの省庁でもより取り見取りだろうと思うのに、自ら厚生省警備課を希望した変わり種だ。

うちの課は省庁の中では人気がある方ではなく、例年、成績順位で言うと二桁目の学生がようやく希望してくるものなのだ。

「おはよう、今日も早いな」

「ラング博士にお会いできると思ったら緊張して、よく眠れませんでした」

「……ああ。今日は開発者ヒアリングが入っていたか」

「なんですか、先輩。気合が足りないですよ。いよいよ、アイズ親和キャンペーンが始まるっていうのに」

いや、お前のテンションが高いんだよ。という言葉は賢明にも呑み込んだ。

俺の憂鬱、ローナンの上機嫌の理由がこれだ。

これまで「アイズ」と仮称されてきた眼球型監視ドローンに新たな名称を与えることとなったのだ。新名称は公募によって決められる。国民が眼球型監視ドローンに親しみを持ち、これまで以上に身近なパートナーとして良き関係を築くようにという思惑が見え隠れしている。

はっきり言って俺はアイズの新名称になど一ミリも興味がない。ペットじゃあるまいし、可愛らしい名前をつけたからって親しみがわくわけもない。


「あなた、四知(しち)という言葉をご存じ?」

アイズの開発責任者、ラング博士は朱色に彩られた唇をキュッと微笑の形に整えた。知性と誠実さを表す完璧な笑顔だ。

「シチ、ですか? 寡聞にして存じ上げません。ミズ・ラング」

ローナンが緊張を隠さずに答える。それでも、その人が「博士」という呼称を嫌うという点を忘れずにいるのは及第点だ。若者の率直さは博士のお気に召したようだった。

「天知る、地知る、我知る、人知る。の四つの知という意味よ。誰も知らない、二人だけの秘密にしようと思っていても、天地は知り自分も相手も知っているのだから、悪事や不正は必ず発覚する。ということね。アイズの基本理念だわ」

「天地は見ているという思想ですね」

「ええ、そう。同じようなことを『お天道様が見ている』と言い表す東洋の国もあるわ。お天道様というのは太陽のことね」

かつては「神」が担っていた「全てを見られている」という畏怖の感情は、今では町中に設置された監視カメラに向けられている。定点観測には強い監視カメラだが、死角が多く対象者を追いきれないという欠点も持っていて、眼球型監視ドローンは、それをカバーするために生まれたのだ。

「街頭カメラの弱点をカバーする為に求められるのは何よりも機動力。当時開発されていた最小型ドローンが流用されたのは理解できるのですが、眼球のデザインにしたのはどうしてでしょうか？　もっとシンプルに小型化できたのでは？」

「眼球型のデザインにこそ意味があるのよ」

ラング博士は微笑んだ。

「人の目は、人の顔を認証するのをご存じ？」

「はい」

「顔の中でも、とりわけ目を認識するとされているわ。目を意識しているということね」

「壁のシミが目の形に見えるというような？」

「ええ、そう」

ラング博士はうなずいた。

「当初導入された監視ドローンの九割はダミーだったことは、あまり知られていないでしょう。秘密ではなく情報は公開されているけれど」

「外見は見分けがつかなかったんですよね」

「カメラ機能が付いていなければ、もちろん録画や画像転送機能もなし。監視対象者の周囲を飛び回るだけの玩具だったのよ。でも、ダミーと本物で成果はほとんど変わらなかった」

監視カメラを仕込んだドローンを飛ばした地域とダミーのドローンを飛ばした地域で、犯罪の抑止力や市民の行動自己規範に差は見られなかったのだ。

それが、どういうことかと言うと……

「市民が眼球ドローンを意識して、自ら行動を正すようになったということね。その目の向こうに自分を監視する存在があるかどうかではなく、ただ、見られていることを意識して姿勢を正す。それは理想ではなくて？」

「おっしゃるとおりです」

ローナンは熱心に相づちを打ったが俺は納得がいかなかった。

「それならば、監視行為そのものも必要ないのでは？」

ラング博士の切れ長の目がすっと細められた。


部屋にたどり着いたのは深夜だった。

「立場というものを考えろ。アイズを否定するようなことを軽々しく口にするな。ラング博士が寛大だったから助かったな」

俺は上司に叱責され、ペナルティとして彼がため込んでいた経費精算を押しつけられた。理不尽だとは思うが、俺の軽率な発言が彼の立場を多少危うくしたのは事実なので大人しく従ったのだ。

シャワーを浴びる気力もなくベッドに倒れ込むと、俺のアイズが枕元の充電器に舞い降りる。こいつも今日はずいぶんくたびれているようだった。

ローナンのような優等生にくっついていれば楽だろうに、問題児の俺が相手では記録すべきことも報告すべきことも山のようにあって大変だ。

「お前も、お疲れ」

らしくないと思いながらも、アイズにいたわりの言葉を投げて、俺は目を閉じた。

「やあ、また母さんに噛みついたんだって？」

部屋の主は、俺が口を開くより先に愉快そうに笑った。

「兄貴は耳が早いな、相変わらず」

「仕事だからな」

俺の兄貴は公安警察に勤めていて一日の大半をアイズが送ってくるデータの解析に費やしている。地味で忍耐のいる任務だ。他人の内面を覗き込む行為は俺ならば精神を病んでしまいそうだが、兄貴はまるで平気そうだ。兄弟でありながら、精神構造はだいぶ違うらしい。

アイズに対して兄貴は一貫して肯定的立場を取っているが、俺が批判的意見を口にしても眉を顰(ひそ)めることはない。ただ立場上、俺が行きすぎて迂闊な発言をした時は、やんわりと咎めるくらいだ。四歳年上の兄貴には昔から何をやってもかなわない。

「週末、母さんの誕生日だ。お前も顔を出すだろう？」

作業の手を止めた兄貴が立ち上がってコーヒーを入れてくれた。

「ああ、うん」

俺は言葉を濁した。全寮制の学校に入学するのを機に十四歳で家を出てから七年になる。

今では気ままな官舎住まいということもあり、実家に帰るのはまれなことだ。

「クレアが、お前の好きなクランベリーパイを焼くと言っている」

「母さんの誕生日だろう。俺じゃなくて母さんの好きなものを作ってあげてと、義姉さんに伝えてよ」

「それは、もちろんさ。ただ、お前が顔を出したら母さんは喜ぶ。誕生日なんだからさ」

俺は肩をすくめてみせた。母さんが俺に会って喜ぶかどうかは、正直なところ微妙だ。

十四歳の子どもだった俺は、母さんが誇りに思う仕事を否定して家を出た。

母さんはアイズの開発責任者だった。今よりずっと幼かった俺は、人々を監視するドローンの存在が汚らわしいものに感じられたのだ。

父さんはアイズ導入の反対派の急先鋒だったから、我が家では諍いが絶えなかった。理性的な母さんと感情派の父さんは、それまでも些細なことでぶつかり合っていたが、なんとはなしにバランスが取れていた。

だが、アイズについてだけは駄目だった。二人の意見は真っ向から対立し、歩み寄りの余地は微塵もなかったのだ。

「二十四時間監視するなんて、ぞっとする。プライバシーは？　人権は？　精神の自由はどこに行った？」

アイズ導入が正式に決定され、プロジェクトリーダーに母さんが任命された日、父さんは家を出て行った。以来、俺は彼に会ったことはない。

兄貴や母さんは立場上、父さんの所在地を把握しているとは思うが、それは何となくタブーとなっていて、家族の中で彼が語られることはない。風の噂では、父さんはアイズを否定する者たちのリーダー的存在になっているらしい。

物理的破壊を含めて、考えられ得る限りの手段を使ってアイズから逃れた者たちは少なくはないのだ。だがそれは都市システムからの逸脱を意味するから、彼らの進む道は容易なものではない。多少大げさに言えば「自由」か「死」の選択だ。

俺も含め大抵の人間は、大小不満はあれどアイズの存在を受け入れる。

「兄貴は、あいつの居場所、知っているのか？」

今日に限ってどうしてその質問をする気になったのか。

「まあ、職務上、一応ね」

兄貴は静かに答えた。

「会いたいかい？」

「いや。ただ、今もあいつのこと監視しているのかなと思って」

「あの人は、とうにアイズの監視下からは逃れているよ。家を出て行ったその日にはもう、あの人のアイズはリッキーを補足していたんだ」

「リッキー？」

リッキーは俺の家にいたジャーマンシェパードだ。

「母さんの研究を見る機会はあっただろうし、アイズの認知を惑わせる何らかの手段を知っていたんだろうな。大したもんだって、母さんも呆れながら感心していた」

認知を惑わす。つまり父さん専属で二十四時間彼を監視する筈のアイズが、全く別の存在を父さんとみなして監視していたということだ。

「そんなことができるんだ」

二十四時間とは言わない。一日のうちほんの一時間でもアイズの目から逃れることができたら、どれほど自由に息ができるだろう。

たとえようもない誘惑に心を奪われていると、何もかも見抜いたような目をして兄貴が笑った。

「母さんの誕生日会、来るだろう？　開発の裏話を聞くチャンスがあるかもしれないぞ」

義姉さんの焼くクランベリーパイは相変わらず絶品だ。

母さんと、兄貴と義姉さん、二人の甥っ子、そして俺。こんなに大人数でテーブルを囲むのは、ひさしぶりだった。自動調理器が提供するミールプレートではない大皿料理を取り分けて食べるなんて、数年ぶりになる。

「あなた、凄い食べっぷりねえ」

母さんが呆れたように笑った。

「外で会う時は能面みたいな顔をして、自分は純水とサプリメントしか口にしませんって風なのに」

「母さんこそ、別人でしょう。俺の部下なんて、女神のように崇拝していたのに」

「公私はきっちり分ける主義なのよ」

自身の誕生日ということで、それなりにお洒落をしているのだが、母さんの格好は極めてラフだ。すとんとしたラインのワンピースに、髪は高い位置で無造作にまとめ、化粧っ気もない。我が母親ながら、どこか少女めいた印象を与える人だ。

食事の後は甥っ子にせがまれてボードゲームに付き合い、母さんの誕生日だからと兄貴のピアノに合わせて何年ぶりになるかのギターを弾かされ、なぜだか幼少期のアルバムを引っ張り出され……母さんからアイズ開発裏話を聞く、もしくは研究ノートを盗み見るなどという目論見は潰えた。

でも、まあ。楽しいひと時だったから良いか。

ほろ酔い加減の俺は、そんな気持ちになっていた。

「今日は、ありがとう。久しぶりに家族で集えて嬉しかったわ」

エントランスまで送ってくれた母さんが言った。そんな感傷的なことを言う人だったろうか。意外に思っていると、母さんはクスリと笑った。

「あなたは私を機械か何かのように思っているかもしれないけれど、私は案外、古臭くて感情的な人間よ？」

「家族って言っても……父さんはいないだろう」

「それは仕方ないことよ」

「犯罪者だから？」

「それは違うわ、ジョシュア」

母さんはきっぱりと言った。

「アイズに対する考え方が違ったというだけのこと。あの人と私、どちらが正しいという問題ではなかったと私は思っている。あなたと私、ナイジェル、みんな考えていることは違う。それは当たり前のことでしょう？　私たちはみんな、一人一人違う人間なのだから。だけど……あの人は逃げたわ。向き合うこと、話し合うことを拒否する人と家族ではいられないでしょう？」

俺は言葉に詰まった。両親が別れた時、実際には父さんが家を出て行った時、俺は十三歳だった。感情的に父さんの側に立っていたから、今そんな風に言われても正直困る。

でも、あの頃の自分が一方的なものの見方をしていたことだけは認めるしかない。

「母さんはさ、アイズは良いものだと信じているんだね」

「良いものであるように願っているし、その為の努力をしているつもりよ」

「そう」

「アイズは、対象者を見張っているだけではないのよ」

「え？」

「いつかきっと、あなたも知る時が来るでしょう」

おやすみなさい。そう言って、母さんは俺に背を向けた。


母さんの家から官舎まで電動カーで十分ほどだが、何となく夜風が気持ち良くて、俺は歩いて帰ることにした。旧市街を通って一時間ほどの道のりだ。アイズは俺の肩のあたりをふわふわと漂っている。

「お前の新しい名前、もうずいぶんと集まっているぞ」

最近こんな風にアイズに話しかけることが増えた。

「正直、これほど関心を集めるとは思っていなかった。アイズっていう名称は単純だけどわかりやすいし、悪くないと思っていたからな。まあ、確かにシステムとしては複数形でも、個人について回るやつはアイズじゃなくアイだよなとは、常々……」

その時、俺のアイズがピタリと止まった。

「どうした？」

本来なら俺を補促している筈のアイズはその時、別の方向を見ていた。問いかけに応えないのは当然だが、なんと奴はスウッと何かに引き寄せられるように、どこかに飛んでいこうとしたのだ。俺から離れて！

「え？　ちょっと……」

困惑したなんてものじゃない。アイズが監視対象者から離れ、好き勝手に飛び回るなど、ある筈のない事態だ。こんなバグが報告されたことはない。故障だろうか。

「こら、待て」

俺はアイズを追った。ひと時でも自由になれればと思っていたことなど、すっかり忘れて。

アイズは少し先の通りで俺を待っていた。深夜を過ぎる時間帯だから他に人影はない。そしてアイズは一体ではなかった。もう一体のアイズがそこにはいたのだ。

「お前……」

それは不思議な光景だった。見知らぬアイズは、俺のアイズの周りをクルクル回り、しきりと何かを訴えかけている。どうやら「こっちに来い」と誘っているようだ。何やら切羽詰まった雰囲気がある。ドローンに過ぎないのに。

見知らぬアイズが向かったのは運河の方向だ。俺のアイズもぴたりとついて行くから、半ばやけくそになって俺も後を追った。

運河のほとりにはほっそりとした人影があった。欄干に乗り出して暗い川面をぼんやりと眺めている。その体がふわりと欄干を越えて……

「何しに来たのよ！」

病室の扉を開けるなり飛んできた枕を俺はひょいとよけた。真冬の運河に飛び込んでから一昼夜で、これだけの元気があるとは大したものだ。

俺が昨夜、行きがかり上助けたのは若い女だった。睡眠薬を飲んで運河に飛び込み自殺を図ったのだ。放っておくこともできず俺もずぶ濡れになって女を引き上げた。

エマージェンシーカーを呼び、病院に搬送された彼女に付き添い、ケースワーカーに引き継ぎ、あれこれやった挙句に罵られるのは、割に合わないと思う。

「……元気そうだな」

若い女、もとい少女はむっつりと黙っている。昨夜は派手な化粧をしていたが今日は素顔で、彼女はずいぶん幼く見えた。

枕もとに置かれた充電器では彼女のアイズが羽を休めていた。アイズがあるから既に彼女の身元は判明していて、死を選ぼうとしたおおよその事情も明らかになっていた。その事情や解決策に踏み込む権利は俺にはない。

「余計なことをして」

ぽつりと少女がつぶやいた。これはむろん、死の淵から引き戻したことを言っているのだろう。

「君を助けたのは俺じゃない」

「え？」

「君のアイズが俺のアイズを呼びに来た。たぶん君が死のうとしたことに気づいて、誰かに止めて欲しかったんだろうな。それで俺のアイズが俺を連れて行った」

「何それ？」

少女が目を瞬かせた。

「そんなこと、あるわけないじゃない。アイズが監視対象者の傍を離れるなんて……」

機械に過ぎないアイズが自由意思を持つことなど、あるわけがない。自身の対象者が自殺を企てようと、それが成功しようと失敗しようと、淡々と監視し報告するのが彼らの役割だ。

この世界に引きとどめようとするなんて。

「死なせてくれなくって、だから何かしてくれるわけじゃないのに……」

なじるように少女は言ったが、その指先は愛おし気にそっとアイズに伸ばされた。

アイズは、対象者を見張っているだけではないのよ。

母さんの言葉が、ふっと胸に響いた。

「また、来るよ」

「何で？」

「アイズの取り持ったご縁だから、かな」

思いのほか元気良い罵声を背に、俺は病室を後にした。肩先に止まるアイズをちょんとつついてやる。

「見張っているだけじゃない、見守っているんだな」

＊＊＊＊＊＊

「あなたはやっぱり、どうしようもないロマンチストなのね」

語り終えた青年に、笑みを抑えることができなかった。

「心を持つようになった監視用ドローンなんて」

それは真実ではなく、青年が考えた物語だ。それでも先ほどまで無機質な壊れた玩具にしか見えなかった品が、ぬくもりと命を持っているようにリラには感じられた。

「そう言う君はどうなんだ？　君なら、どんな物語を編み出す？」

リラは静かに首を横に振った。

「あなたの物語で良いと思う。いつか、この店を再び真に物語の声を聞く者が訪れる日まで、これが私たちの間の真実、それで良い」

リラは青年に手を差し出した。躊躇うように伸ばされた手を取り、その甲に口づけを落とす。深い敬意と愛情を込めて。

「その日まで二人で、この店を守っていきましょう。二度と奪われることのないように」

願いが叶うその日まで。

「私たちは互いに見張り、見守り合う」

見張っているだけじゃない、見守っているんだな。

それは青年が作った物語の中で、主人公に語らせた言葉だった。彼の想い、彼の祈りだ。

「決して孤独になることはない」

言霊は力となって、二人の行く道を照らす。

「リラ。君に、受け取って欲しいものがある」

ゆっくりと、自分の気持ちを確かめるように慎重な声音で、青年が言った。

「……指輪なら、もう貰ったわよ」

「私にとっては、それよりずっと重いものだ」

リラはちゃかしたが、青年は真剣だった。怯み、逃げ出しそうになる自分を叱咤して、リラはまっすぐに彼の眼差しを受け止めた。

「真の名を今、君に預けたい」


「全部なくなってしまったんだ」

春樹がぽつりと言った。

さくらのデパート六階フロアがリニューアルオープンした日、楓と春樹はその場所に佇んでいた。以前は石膏ボードの仮設壁があり、眼球堂へ続く通路があった場所だ。

そこには今、アパレルショップと、雑貨店、ＣＤショップがあって、競うように華やかなオープニングセールを行っている。

「なくなったんじゃないよ、春樹にだってわかるでしょ」

この場所に眼球堂の仮店舗がないということこそが、彼らの店が本来の営みを始めた証なのだ。その店の扉は、特別な眼を持つ者にしか見ることができないし、求める心があり、必要とする者に対してしか開くことはない。

楓はその目を持たず、今の春樹はその店に踏み入れることを許されていない。それでも眼球堂の店主とリラ、あの二人が寄り添い合って、どこかであの店を営んでいるのなら、それで良いのだ。

帰ろうと促そうとした時、春樹がつぶやいた。

「また、描きたいと思うんだ」

「……そう」

「立派な絵は描けないかもしれない。でも、好きだから」

春樹の翼は弱く平凡で、サーシャの触れた高みを目指すことはできないかもしれない。吹雪に行き先を見失い、長い時をかけても望む場所にたどり着くことはないのかもしれない。

それでも彼は、自らの翼で飛ぶことを望む。それはこの上なく尊いことだ。

「話したいことが、沢山ある」

楓はそっと春樹の腕に触れた。取り戻した人を、もう失うつもりはない。

「この一年間ずっと言えなかったことが。でもその前に、まだ私の知らない春樹の絵を見せて」

閉ざされた扉に背を向けて、二人は静かに歩き始めた。


（終わり）

小林栗奈（Kurina Kobayashi）

1971年生まれ。東京都多摩地方在住。

表の顔は地味で真面目な会社員だが、本性は風来坊。欲しいものは体力。2015年、第25回「ゆきのまち幻想文学賞」長編賞受賞。2016年『利き蜜師』で第三回「暮らしの小説大賞」出版社特別賞を受賞し、『利き蜜師物語　銀蜂の目覚め』（産業編集センター）として刊行。他に『利き蜜師物語2　図書室の魔女』『利き蜜師物語3　歌う琴』『利き蜜師物語4　雪原に咲く花』『骨董屋・眼球堂』『西新宿　幻影物語』（産業編集センター）がある

骨董屋・眼球堂 2
エディス・グレイの幻の絵

2020年12月15日　第一刷発行

著 者　小林栗奈

装 画　ふすい
装 幀　カマベヨシヒコ（ZEN）
編 集　福永恵子（産業編集センター）

発 行　株式会社産業編集センター
〒112-0011東京都文京区千石4-39-17

印刷・製本　株式会社シナノパブリッシングプレス

ISBN978-4-86311-281-0　C0093